W0343379

SV

Angela Krauß

DAS VERGNÜGEN

Suhrkamp Verlag

Erste Auflage 1988
© Aufbau-Verlag Berlin und Weimar 1984
Suhrkamp Verlag Frankfurt am Main 1988
Lizenzausgabe mit freundlicher Genehmigung des
Aufbau-Verlages, Berlin und Weimar
Alle Rechte vorbehalten
Druck: MZ-Verlagsdruckerei GmbH, Memmingen
Printed in Germany

DIE ARBEIT

Ein Tag, ein durchsichtiger Tag im September.

In der südlichen Tieflandbucht leuchten die Stoppeläcker wie Gold, aus Stroh gesponnen. An solchen Tagen durchdringt das Auge selbst einen ländlichen Mittelwert des Schwefeldioxydgehalts der tieferen Luftschichten und trifft auf Grund.

Da liegt die Erde in sanftem Schwung, hier und dort in eine Mulde mündend, auf deren Grund ein dürres Gebüsch, das mit seinem letzten Blattwerk klappert; besonnt ist dieses Land bis an den Horizont, wo eine Schornsteingruppe scharf und spielzeugklein aus dem blauen Himmel herausgeschnitten ist, kaum ernst zu nehmendes, freundlich aus der Ferne grüßendes Ebenbild dessen, was da in der taligen Mitte des Landes, in einer sicheren Senke steht und dauert.

Das ist die Fabrik.

Brikettfabrik Rosdorf.

Inhaber Carl Sendmayer & Co.

Gegr. 1912

Die schwarz in grauen Putz ausfasernden Buchstaben der Vergangenheit über den gen Himmel gewölbten, brandroten Ziegelbögen der Fabrikhallenfenster, Arabesken zur Unzeit und am Unort; wo waren die Augen, die das schauten?

Auf dem Dach dampfen acht kurze Essen weißen Wrasen ab, acht weiße Wimpel über der Fabrik und oben zwei langwehende Rußflaggen, im toten Winkel darunter das Dorf: Rosdorf mit seinen Gärten, den üppig blühenden.

Unter dem Dach der Fabrik glimmt eine vergitterte Birne über acht Bunkeröffnungen. Über jeden dieser kleinen Abgründe lassen sich sechs Erwachsenenschritte setzen auf einer schmalen Gitterbrücke. Da steht eine zierliche Person im Licht der Birne.

Das ist Felizitas Händschel.

Ihr Arbeitsplatz reicht in der Länge über vier Bunker. In der Breite macht er eine Armspanne aus. Per Knopfdruck fährt sie das Kohleband nacheinander über ihre vier Bunker, kontrolliert deren Füllstand, füllt nach, fährt weiter.

Den Lärm nimmt sie kaum wahr, weil ihre Arbeit Gespräche nicht erfordert.

Die Verantwortung von Felizitas Händschel besteht darin, keinen ihrer vier Bunker, durch die die Kohle weiter in vier riesige Trockner fällt, leerlaufen zu lassen. Das Zentrum ihrer Aufmerksamkeit bildet eine an diesem Platz überlieferte Formulierung: Keiner darf rausfliegen.

Dennoch stehen für diesen Ernstfall drei Nummern mit Kreide an einem der Eisenpfeiler. Felizitas Händschel kann den Brigadier anrufen, den Meister und den Sicherheitsbeauftragten. Sie muß wissen, in welchem Fall von Unregelmäßigkeit sie wen anrufen muß. Felizitas Händschel steht schon drei Jahre hier oben.

Sie hat noch keinen angerufen.

Nicht ein Tag ist wie der andere, das Kantinenessen fällt unterschiedlich aus, oder mal hat jemand Geburtstag. Solche Vermutungen lassen sich gut morgens beim Aufstehn anstellen. Und manchmal gibt es Sicherheiten. Den eigenen Geburtstag zum Beispiel. Er hat einen Geruch. Er riecht durchdringend nach Bohnerwachs. Die ganze Wohnung, die Holztreppe und die ausgebaute Dachkammer hat Marianne mit diesem ätzenden Geruch von Unanfechtbarkeit überzogen.

Weil Felizitas Händschel heute achtzehn Jahre alt wird.

Lange vorher hat sie sich ausgerechnet, daß dieser Tag der letzte sein wird von vier Frühschichttagen, die sich im Turnus von drei mal vier Tagen, zwischen denen zweimal ein und einmal zwei freie Tage liegen, wiederholen.

Seit Felizitas arbeitet, weiß sie, woran sie ist. Sie hatte die Schule bis oben hin satt. Allerdings setzt eine solche Äußerung im Gegensatz zum bloßen Gedanken viel mehr an Selbstbewußtsein voraus, als Felizitas Händschel je besessen hat. Sie äußerte sich nie so. Sie hatte einfach nach den Ferien begonnen, täglich um halb fünf morgens aufzustehen, dann richtete sie sich komplikationslos im neuen Leben ein, schlief nachts fest und verstand es, in diesem Leben schnell Vorteile zu finden. In diesem werden Erschwernisse bezahlt. Hat der Mensch unter etwas zu leiden, gibt es Zuschläge. Von morgen an sieben Mark für eine schlaflose Nacht.

Wer dagegen vergütete ihr die Leiden der Schule?

Diese täglichen, salopp vorgebrachten Demütigungen: *Mädel, hast du die Sprache verloren!* Sie hatte immer zu lange wortlos neben der Bank gestanden, so lange, bis sie jedes Zeitgefühl verlor. Sie war wohl falsch an diesem Ort Schule. Ihre Zunge war einfach zu lang. Da gibt man acht, was man sagt. Das Nötigste.

Als sie nach der siebenten Klasse auf dem Kohleboden stand unter der vergitterten Birne über den vier Bunkern, wußte sie: Hier würde sie leben können. Später rund um die Uhr, mit wechselnden Schlafenszeiten. Sie fühlte Sicherheit. Und für die Dunkelheit gab es Vergütung. Beim Schichtarbeiter häufen sich einmal im Monat die freien Tage, mit dem monatlichen Tag Schichtzuschlag kann er auf drei freie Tage und Nächte kommen. Das ist wie ein kleiner Urlaub.

Weil Felizitas heute die letzte von vier Frühschichten arbeitet, wird sie am Abend am Vergnügen teilnehmen können. Die Fabrik steht siebzig Jahre.

So hat alles sein Gutes, denkt Felizitas Händschel morgens halb fünf in ihrem Bett in der ausgebauten Dachkammer, und von unten aus der Küche klappert Geschirr.

DAS IST MUTTER, Marianne Händschel. Absichtlich hat sie den Deckel des Wassertopfes fallen lassen, als er nun mal fiel. Das Kind muß um halb fünf raus, wenn die Schicht um sechs beginnt, auch an seinem Geburtstag. Es soll sich dran gewöhnen. Vor allem anderen muß der Mensch pünktlich sein, Feli! Wo du nicht weißt, wie lang das Leben ist. Am längsten zwischen zwei und vier nachts, mein liebes Kind, und Marianne legt leise den Deckel zurück auf den Topfrand. Das Kaffeewasser saust und braust, Marianne Händschel steht gewaschen und frisiert. Gestern war sie beim Frisör, hat neu blondieren lassen. Weil die Tochter achtzehn wird? Vielleicht. Man muß die Anlässe wahrnehmen, es sind nicht so viele in einem Jahr, wie eine Frau in Mariannes Alter Blondierungen braucht. Eine frische Kittelschürze hat sie angezogen und wartet, daß der Tag nun endlich losgeht. Wartet schon seit fünf Stunden, weiß genau, wie der Wecker im Dunkeln aussieht: ein phosphorgrünes Gesicht. Und wenn es ganz still draußen geworden ist, stehen die Augen offen, und sie hört das Gekling der Kohlezüge von weit her. Und davon schläft sie dann ein.

Die innere Uhr ist verstellt, sagt der Arzt. Sie wunderts nicht, sagt Marianne, sie hat ein Leben lang dran rumgedreht.

Marianne hat schon in der Fabrik gearbeitet, an den Kohletrocknern bei achtzig Grad Hitze, als Kurt Händschel gekommen war, nicht mehr ganz am Anfang seines Lebens. Er kam geradewegs aus der Grube. Von seinem Bagger herunter, den er nicht mehr führen sollte. Wegen einiger Vorkommnisse. Allerweltsvorkommnisse in jenen Jahren nach dem Krieg, nach Gefangenschaft und Hunger in den Städten, als alle hier Arbeit suchten, als hier im Bergbau alles genommen wurde. Da suchte auch Kurt Händschel, und geboten wurden Deputatkohle und akzisefreier Branntwein. Aber was sollte er mit hundert Zentnern Kohle vor seiner Untermietkammer anfangen. Lieber tauschte er hundert Zentner Kohle gegen hundert Liter Branntwein. Nach den Vorkommnissen wurde ihm der zweite Platz auf seinem Bagger geboten, aber der Mann war er nicht. Er ging. Und wo er hinkam, da stand Marianne an den heißen Trocknern und sagte: Das hier ist ein Familienbetrieb.

Sie waren zusammen in ein verlassenes Gehöft gezogen, wo sie zwei Zimmer bewohnten, einen schlauchartigen Korridor und am häufigsten die große Küche. Marianne, damals neunundzwanzig, hoffte nun, daß dieser Kurt Händschel, ihr Ehemann, sich als der zu erkennen gab, auf den sie übers Alter gewartet hatte. Und mit nichts vergehen die Jahre schneller als mit einer starken Hoffnung.

UND VATER SCHLÄFT. Wenn einer schläft, dann schläft er. Und wenn einer sein Maß hat, dann kann ihm die ganze Welt den Buckel hinunter. Er schnarcht wie ein vierschrötiger Riese und hört davon die Ebene zittern und die Blätter an den dürren Pappeln klingeln. Die es draußen hören, wissen: Solche wirds immer geben. Armer Mensch. Verdammter Suffkopp.

Aber darüber ist man doch schon längst hinaus. Das hört man längst nicht mehr. Aber dafür hört einer wie er um so besser. Wenn einer nämlich erst mal nicht mehr hört, was die Leute reden, wenns einem Wurscht ist, dann nämlich setzt das wirkliche Gehör ein. Da wachsen einem die Ohren sogar nach innen. Man horcht, horcht. Und da ist mit einemmal die Uhr. Als liefe eine Feder ab, tick, tick ... Und da stößt man sich selber wieder aus sich heraus. Aus lauter Angst.

Wer ahnt was davon? Die Nachbarn im Gehöft, die es zwanzig Jahre mit angesehn haben? Wenn einer so laut schnarcht, denken die Leute, um den ist Lärm genug, als daß ihm was passieren könnte. Und auf welche Art einer seinen Lärm macht, ist jedem seine höchstpersönliche Sache. So gesund sind sie alle.

Nur er ist krank, und jetzt eben weiß er es wieder.

Er ist zu hellhörig.

Und sein Gesicht ähnelt einem Stück Knüllpapier, wenn er nachher in den Spiegel schaun wird. Hatten mit diesem Gesicht die Hoffnungen der rosigen Marianne zu tun? Auch sie ist nicht mehr, was sie war. Ist getrocknet an ihren Trocknern, innerlich. Außen ist nichts, was ihn störte. Aber seine Leber ist nicht zu sehen, wenn er in den Spiegel schaut. Außen hui, innen pfui und umgekehrt, das raubt einem längst nicht mehr den Schlaf; diese Nacht ist vergangen, und so werden sie alle noch vergehen, ruhig und wie klaftertief in der Erde. Und das verdankt er dem Suff.

Hat wer was gesagt? Er will keinen Lärm! Auch kein Topfgerassel am frühen Morgen. Er will seine freien Tage verschlafen. Die nächste Schicht ist so weit weg wie sein letzter Tag. So wie er jetzt liegt, wartet er auf nichts. Auf gar nichts. Liegt nur so da, und unter dem Gerassel seines Rachens dröhnt die Eimerkette, holpert, stolpert und rasselt das Band vorwärts, immer schön gleichmäßig, die ganze Nacht. Einmal hakt es sich ein, Totenstille für Sekunden, da ist der Alte im Traum auf einen Findling gestoßen.

Aber gleich darauf greift der Bagger wieder, und nun pfeift er sogar, während er sich tiefer und tiefer hineinfrißt ...

Wohin?

In den Traum vom anderen Leben?

Auch dort riecht es schon nach Akzisefreiem. In die Chance vom großen Hättstenich? Die gab es nie. Vielleicht gab es die große Chance vom Hättstestattdessen. Vorbei. Verpaßt. Verschlafen. Vertrunken.

Wie aber sah sie aus, die Chance? Das ist die Frage. Die bohrt und frißt. Immer tiefer hinein in die Stille, in die Hellhörigkeit. Die Ohren wachsen schon wieder nach innen.

Aber da! Da ist ein Geräusch, ganz fein. Zart und fein. Ein Stimmlein, zart und fein und klein. Und nachher, wenn alle aufgebrochen sein werden, dann wird er allein sein im Haus, dann wird er hinaufgehn. Und wenn einer wie er noch einen Wunsch frei hätte, dann wünschte er, daß sich der Kerl nie mehr blicken ließe, ders ihr gemacht hat. Denn jetzt will er Vater sein.

Alles noch einmal von vorn beginnen.

Was scheren ihn da die Leute. Er hat das Kind, das zarte, blasse, das uneheliche seiner Tochter. Er ist Vater von neuem.

Aber zu fragen braucht ihn keiner danach.

Denn wenn er schläft, dann schläft er.

Nicht zu vergessen: das Kind. Es wurde im fünfzehnten Lebensjahr seiner Mutter geboren, ohne Schwierigkeiten. Es hat ihr dünnes, rotblondes Haar und ihre hellen, auffallend ruhigen Augen. Für seine drei Jahre spricht es noch wenig, ein paar abgerissene Sätze im Dialekt der Gegend mit den dazugehörigen grammatikalischen Eigenheiten.

Wäre es nicht ein Junge, könnte man sagen: ganz die kleine Händschel. So aber bleibt anzunehmen, daß sein Leben doch etwas anders verlaufen wird.

Erster Versuch, eine Rede zu halten. Da klinkt Marianne leise die Tür zum Dachzimmer auf; da steht sie klein und geputzt in der Tür: feierliche Ordnung. Ordentliche Feierlichkeit. Dem Leben jeden Tag seinen Sinn abtrotzen, dazu gehören Disziplin und ein bißchen guter Wille und Phantasie vielleicht gar nicht so viel. Eine frische Kittelschürze mit blütenweißem Kragen, mehr braucht es da gar nicht für Marianne, so hat jeder Tag des Jahres seine Forderungen, und Zufriedenheit ist erreichbar, das funktioniert sicher wie die Küchenuhr aus Plast, die sie jeden Morgen aufzieht.

Von der Tür aus tastet Mariannes Hand nach rechts, wo immer der Stuhl steht mit den abgelegten Sachen. Es ist dunkel im Zimmer, dunkelgrauer Morgen. Durch die halbgeöffneten Lider beobachtet Felizitas den Wind, der die Gardine bewegt. Neben ihr schläft das Kind. Sein Mund steht offen, ein kleines rundes Loch wie bei einem Fisch.

Marianne versteht solche Tage vorzubereiten: Hausputz, Frisör, frische Wäsche, Blumen, das Geschenk. Nun steht sie in der dunklen Stube und klammert sich an den Stuhl, von dem sie sicher weiß, daß er immer dort steht mit den Sachen der Tochter in einer ganz bestimmten Reihenfolge. Sicher ist sie auch, daß das Mädchen wach ist. Nur der Junge schläft mit kleinem, erhitztem Gesicht. Und die Augenlider von Felizitas schließen jetzt auf einmal dicht wie zwei Türflügel gegen alles, was von draußen kommt.

Irgend etwas müßte jetzt kommen.

Der Moment, in den alle Vorbereitungen münden. Der Moment für das rechte Wort. Er kommt und vergeht.

Verlegen lächelt Marianne, hilflos gegenüber dem geschlossenen Gesicht der Tochter. Bestürzt verfolgt sie die eigene Hand, die fahrig vorstößt, über Felizitas' Schulter weg und nach dem Jungen grapscht, ihm durchs dünne Haar zwirbelt, daß er davon aufwacht. Nun greint er. Und Felizitas hebt den Arm und langt nach dem Knopf der Nachttischlampe. Das Licht platzt mitten in die Stube; wer grad reden wollte, tuts nun nicht mehr.

DIE TRÄUME, die Felizitas Händschel träumt, wiederholen die kleinen Überraschungen ihrer Tage. Das geschieht fast jeden Tag einmal: aus dem Sekretariat tritt Frau Anja. Sie geht hinüber zum Labor. Ihr fehlt dann eine Zahl, über den Wassergehalt der Briketts zum Beispiel. Sie trägt eine weiße Bluse mit weiten Ärmeln, einen engen Rock und weiße Schuhe mit hohem Absatz und Riemchen um die Fesseln. Frau Anja hat den natürlichen Paradegang großer, schlanker Frauen. Ihr Haar ist von sanftmütigem Blond. Vom Kohleboden aus zwanzig Meter Höhe gesehen, springt da eine goldene Münze über den braunen Platz. Wenn Felizitas sich weit genug über das Geländer der Feuertreppe beugt, dann kann sie die Riemchen um die Fesseln der Frau Anja spielen sehen.

EIN MORGENDLICHES STILLEBEN ist das geradezu, wenn Felizitas einmal die Beine unter den Küchentisch streckt. Die Gasflamme brennt und die Neonröhre, hitzig kaltes Licht, ein schwitzender Unterdruckraum, in dem der Kaffee türkisch dampft in die gelackte Frisur Mariannes hinein; das klebt. Marmelade rot und gelb streicht sie schon wieder unangemessen schnell für diesen Morgen.

Nun trink doch, Mädel!

Marianne kramt in den Schubfächern der noch immer neuen Sprelacartküche, tut so, als suche sie etwas.

Felizitas wartet, trinkt nicht, worauf wartet sie?

Nun trink doch, stöhnt Marianne aus dem Schrank heraus, selbst dort spürt sie die verdächtige Stille in ihrem Rücken; das Fehlen von Geschäftigkeit macht sie mißtrauisch.

Da haben wirs, seufzt Marianne endlich.

Sie hat triumphierend etwas aus dem Versteck gezogen und legt es an den Tischrand: eine graurosa Warenhaustüte.

So geht es den Leuten, die zuviel Zeit haben, sagt Marianne leichthin, sie werden alt.

Felizitas ist jung. Sie hört sehr gut. Sie hört den schweren Vorwurf aus dem leichten Ton heraus. Seit der Junge da ist, arbeitet Marianne nicht mehr in der Fabrik. Seit drei Jahren hat sie sich daheim in der Küche eingerichtet und redet das Kinderkauderwelsch, und der Junge spricht schlecht.

Nun mach es auf! drängt Marianne und schließt den Schrank wieder.

Nun setz dich doch mal, sagt Felizitas.

Aber nun mach es doch schon auf! Marianne steht neben ihr, sie massiert nervös ihre Finger.

Vielleicht ist es eine Kunst, die Feste zu feiern, wie sie fallen.

Na, wenn du dich nicht traust, sagt Marianne, packt die Tüte an beiden unteren Ecken und schüttelt ein Paar violette Hausschuhe heraus. Sie stecken noch in der Verklammerung, in die sie die Verkäuferin versetzt hatte. Marianne stellt sie nebeneinander auf den Küchentisch. So kann Felizitas die silbernen Bommeln sehen.

Passen, sagt Felizitas nachher, den Kopf unten.

Und nun das noch! Damit schiebt Marianne einen Schein übers Wachstuch, stellt die Ellenbogen auf und freut sich. Sie läßt sich nicht lumpen. Am Geld liegts schon lange nicht mehr. Die Zeiten haben sich geändert, und man selbst, ja, Marianne setzt sich endlich, man selbst hat sich wohl auch geändert. Man sitzt zu Haus, während sich die anderen in der Fabrik ein lustiges Leben machen.

Schöndank, sagt Felizitas, rührt im Kaffee, befühlt mit der anderen Hand den Flausch auf den Hausschuhen. Als ob noch was zu sagen wäre. Hab ja nicht verlangt, daß du bleiben sollst wegen dem Jungen! Das hat anders geklungen, als sie es wollte.

Meistens klingt, was Felizitas sagt, anders, als sie es will. Dran schuld ist die fehlende Übung. Übung macht den Meister, heißt es.

Was heißt nicht verlangt? erkundigt sich Marianne mit ritueller Empörung. Du bist es doch, die Schicht machen will!

Es ist also wieder das alte Gespräch.

Unbedingt, sagt Felizitas. Sehr häufig gebraucht sie dieses Wort nicht.

Eine Erinnerung an die Kindheit. Unsere Erde war ein totes Gestein. Prüfende Blicke aus dem Schulfenster, das scheint zu stimmen: aus Stein ist die Fabrik, grau mit roten Ziegelbögen über den Fenstern. Die verblassende, magische Zahl 1912.

Sie sitzt in der vorletzten Bank. Ihr Vordermann ist ein großes Mädchen, hinter dem sie sich verstecken kann. Immer dann, wenn sie die Antwort weiß, rutscht sie lautlos zur Bankmitte. Ihr Vordermann deckt sie. Sekunden sind das. Hundert Jahre.

Unsere Erde war ein blühender Garten. Ein tropischer Garten mit Palmen, Sumpfzypressen, Zedern und Magnolien. In der Luft schwirren blaue Riesenlibellen.

Das ist was fürs Heimatkundeheft. Da darf man

sich eine Weile aufhalten. Hat Zeit, aus dem Schulfenster zu schauen auf die sanften Schwingen der Felder, die tragen ein maulwurfkurzes Fell. In der Ferne die frischgepflanzten Birkenplantagen, die Pappelwälder auf Abraumerde. Oben surren acht Stränge der Überlandleitung.

Und hier soll es gewesen sein?

In die Fragen des Vordermannes hinein malt sie drei Seiten im Heimatkundeheft, ehe das Meer hereinbricht und alles überflutet, wieder und wieder, mit Sand und Kies und Ton die Pracht verschüttet.

Welches Meer? Die Ostsee?

Nein, das Urmeer. In Jahrmillionen.

Was ist das, Jahrmillionen?

Das ist die Zeit.

Nein, die Zeit ist, wenn es klingelt: große Pause, kleine Pause, das ist die Zeit.

Nein, Kinder, die Zeit ist das vor dem Fenster draußen: die Veränderung.

Mit dem Klingelzeichen erst wächst Felizitas aus ihrer Bank heraus; sie hat alles gehört. Aber sie wird es nicht wiedererzählen, auch später nicht, wenn sie groß sein wird. Sie kann eine Menge für sich behalten. Das können andere nicht. Dafür können andere ihren Namen aussprechen. Das kann Felizitas nicht.

So hat alles sein Gutes.

Zweiter Versuch, eine Rede zu halten. Aber erst sitzt Marianne mal, endlich.

Bin eben gern hingegangen. Sie schlürft ihren Kaffee, der längst nicht mehr heiß ist, das hat etwas Ausschweifendes. Zuletzt hat Marianne in der Kantine gearbeitet, da kam mal einer mit der Kompottschüssel zurück, da säße ein Vieh drin, das er nicht mitfressen täte, und er knallte ihr die Schüssel vor die Nase. Über dem Eingemachten saß eine Spinne, eine mit hohen Haarbeinen. Natürlich mußte Marianne kreischen; die Spinne war eine schaumgoldene mit einer Nadel unterm Bauch. Mariannes Leidenschaft für Glitzerndes war jemandem aufgefallen. Daß das nicht das Geringste ist im Leben, merkt sie erst jetzt, da sie sich mit der Erinnerung abgibt. Die Spinne trägt sie an einem rosa Halstüchel, halb versteckt unter der Kittelschürze. Wen interessiert das.

Also! Sie stützt sich vom Tisch hoch, dreht am Gas, dreht die Flamme ganz klein, nimmt ihre Tasse, setzt sie leise in das Emaillebecken, greift den Wischlappen, wischt ausgreifend übers Wachstuch; da kommt noch was.

Du wirst mündig.

Um Felizitas' Teller kreist der Lappen.

Da mußt du es den Leuten zeigen!

Der Lappen klemmt fest in den Fingern, so fest, daß er Wasser abgibt.

Was denn zeigen?

Die Hände wringen an dem Lappen herum, schmucklose, kleine, knochige Hände, die über den Knöcheln weiß anlaufen vor Anstrengung.

Man muß wer sein, sagt Marianne. Ihre Augen blicken nüchtern.

Felizitas läßt den Kaffeerest kreisen, Mariannes

Hände fangen an, den Lappen über dem Wasserhahn breitzuzupfen.

Wenn sie mit einem nicht machen können, was sie wollen, sagt Marianne und vollendet den Satz nicht, nimmt den Blick nicht weg, den nüchternen Schlafgestörtenblick. Endlich liegen die Hände ruhig und fest auf der Stuhllehne.

Stimmt nicht, sagt Felizitas mit einer Eindringlichkeit, die ist nach innen gerichtet, stimmt überhaupt nicht!

Wenn sie mit einem nicht machen können, was sie wollen, redet Marianne unbeirrt weiter, dann ist einer ein Mensch.

Stimmt überhaupt nicht, wiederholt Felizitas monoton und mit geschlossenen Augen, überhaupt nicht.

Eine Pause entsteht. Bis die Mutter zur Tochter sagt: Mußt wohl noch was essen, Mädel.

Folgsam streicht sie sich ein Brot, kaut lange mit dem gesammelten Blick aufs Wachstuch. Nachher kann Felizitas reden.

Sie kann einmal all das sagen, was Marianne schon lange weiß. Daß sie nun Schichten arbeitet auf dem Kohleboden, weil sie es will. Was geht es sie an, daß auch Lucie möchte, daß Felizitas drei Schichten arbeitet. Lucie braucht Felicitas eben. Ist das kein schönes Gefühl? Und Felizitas tut zum erstenmal etwas, was sie selbst will. Das ist ein noch schöneres Gefühl. Sie hat bis zum ersehnten Ende der Schulzeit immer gemacht, was andere wollten. Sie, die einen Namen hat, den sie nicht will, weil für diesen Namen ihre Zunge ein paar Millimeter zu lang geraten ist, die taumelt zweimal schwerfällig gegen die Schneidezähne und zieht sich dann ganz zurück, eine gekränkte Molluske, mit der hatte sich Felizitas Händschel in die hintere Bank zurückgezogen, gedeckt vor den Lachern, und das Schweigen geübt bis in den Blick hinein. Aber wer nichts sagt, der weiß nichts, und wem das immer wieder gesagt wird, der weiß am Ende wirklich nicht viel. *Mädel, hast du die Sprache verloren!* Und wer nur sieben Klassen geschafft hat, der kann ja nicht viel wissen. Aber einmal wird der Mensch erwachsen, und da muß er es den Leuten zeigen. Und deshalb macht Felizitas Händschel jetzt, was sie will. Sie macht drei Schichten.

Denn geredet wird von den Schichtarbeitern, nicht von den Müttern in der Tagesbrigade, dort wäre sie wieder nur halbe Kraft, wieder nur mit Nachsicht bedacht. Aber Felizitas Händschel will endlich, endlich auch gemeint sein, wenn geredet wird.

Das muß doch möglich sein, daß einer wer ist, obwohl das, was er selbst will, auch die anderen wollen?

Das sind Glücksfälle, sagt Marianne.

Aber bei Geburtstagskindern kann so was schon vorkommen, und dabei lächelt sie.

Du mußt gehen, Kind, sagt Marianne.

Da stellt Felizitas ihre Tasse in den Abwasch neben die der Mutter. Marianne dreht das Gas ab, das nimmt zuviel Sauerstoff. Es wird schnell kühl in der Küche, sie frösteln beide.

Die Mutter folgt der Tochter bis an die Haustür. Es beginnt hell zu werden über den Feldern; es riecht nach bereiftem Laub.

Felizitas sagt etwas, abgewandt. Der Junge, sie solle nachher den Jungen mitnehmen zum Einkaufen und überallhin, der Junge soll nicht allein im Haus sein. Versprichs! Und dabei schlägt die Zunge nun wieder frontal gegen die Zähne.

Marianne verspricht, bestimmt, er bleibt bei ihr.

Felizitas tritt von der Schwelle herunter, ihr leichter Schritt hallt in der Hofstille, überhallt versteckte, dumpfe Schnarchtöne, da dreht sie sich noch einmal herum, schaut in Mariannes kleines, ältliches Gesicht unter der frischen, steifen Frisur.

Hast ja heut die Spinne dran, Mutter. Wegen mir?

Da wird Marianne ganz rosig. Sie weiß darauf keine Antwort. Das ist ihr selbst nicht ganz geheuer.

Und dann geht Felizitas den Weg, den sie täglich zweimal geht, den Marianne gegangen ist in ihren besten Jahren, als Kurt Händschel wegen einiger Vorkommnisse aus der Grube kam und bei ihr und ihrem Familienbetrieb hängenblieb. Über die Felder führt der Weg, und später verläuft er parallel zum Gleis, auf dem die Kohlezüge aus der Grube in die Fabrik fahren. Da kann sies nicht verfehlen.

DER KINDESVATER, Reinhart Baldauf, als der in der Metalldrückerei anfing, hatte er die zehnte Klasse und die Hälfte der Lehre hinter sich. Sonst nicht viel.

Er war der Älteste von fünf Geschwistern, die nicht zu den Sonntagskindern von Rosdorf gerechnet wurden. Und sein schwarzes Haar, der weiche Gesichtsschnitt, die helle Haut und die dunklen Augen, all diese bewährten Auffälligkeiten galten in dieser Gegend nie als Werte, die einen Menschen vor einem anderen auszeichnen konnten. Reinhart war Gleicher unter Gleichen. Als die Zeit heran war, wurde er zum Mann unter Männern, so, wie sich das in dieser Gegend von jeher vollzieht: er brachte das Zeug auf, sich zu ihnen zu setzen bei ein paar Bieren, die warfen ihn nicht um. Er lernte, laut zu werden dort, wo es hingehörte: an den Skattisch, auf sonntägliche Baustellen, wo zu verdienen war, auf eine Himmelfahrt mit Pferd und Wagen ...

In das Jahr fiel die Sache mit der kleinen Händschel. Die ging gerade aus der siebenten ab, stotterte und wurde rot, bis Gesicht nicht mehr von Haar zu unterscheiden war.

Das wars wohl.

Er mochte die Sicheren nicht. Weil sie nicht echt waren. Weil sie dauernd das redeten, was man gerade redete. Nichts Eigenes. Er hatte genug von sich selbst.

Und die kleine Händschel mit dem verrückten Namen ging mit ihm, weil er nicht trank. Das war ihm fast zu wenig.

Denn er kannte andere, die hätten an ihm viel zu loben gewußt: sein schwarzes Haar, den weichen Gesichtsschnitt, die helle Haut, die dunklen Augen. Und so weiter. Die lächelten auch mal mitleidig, wenn sie ihn neben Felizitas' dickem Bauch gehen sahen.

Aber das ertrug er nicht.

Denn nichts anderes wollte er doch sein als Gleicher unter Gleichen. Das, was er wollte, hatte sich plötzlich gespalten und lief nun in zwei entgegengesetzten

Richtungen davon, von ihm weg. Gleichseinwollen und Eigensinn.

Einmal im Frühling auf dem schlingernden Wagen hatte er sich die ganze Zeit gefragt, was das eigentlich sei: Himmelfahrt.

Er stellte sich alles mögliche darunter vor, bis einer ihn lallend gefragt hatte: Du mußt es doch wissen, Mensch, kann die denn überhaupt lesen und schreiben?

Da hatte er es plötzlich mit den Tränen zu tun, seinen eigenen Ohnmachtstränen, und der andere verwandelte sich in einen grölenden Fremdling. Seht doch, der schöne Junge weint!

Reinhart hatte es nicht so gewollt, aber der Kopf des anderen schlug aufs nächtliche Dorfstraßenpflaster mit dem Geräusch einer platzenden Melone.

Als Reinhart Baldauf mit seiner Haftentlassung auch in der Metalldrückerei aufhörte, hatte er sich ein Jahr lang vorbildlich geführt. Er hatte nie Zettel in die Kartons geschmuggelt, in die er acht Stunden am Tag dreigliedrige Hängeleuchten verpackte. Er hat sich an keinem Boykott beteiligt und am Essen nichts auszusetzen gehabt.

Nur seine Lehre als Gerätemaschinist für kohleverarbeitende Industrie wird er mit einem Jahr Verspätung beenden.

UND NUN FÄNGT DER TAG RICHTIG AN. Sie muß alles ausziehen. Alles, was sie ausgezogen hat, verschwindet, in einen staubdichten Beutel verpackt, im weißen

Spind. Nackt geht sie hinüber zum schwarzen Spind. Felizitas durchquert trocken das Frauenbad.

Während die Duschen brodeln, das Wasser in Bächen aus allen Hähnen stürzt, die Fliesen nie zu Ende schwitzen, bleibt ihre Haut trocken, und sie ist nackt.

Unter den Brausen hocken die Mädchen aus der Nachtschicht, das Wasser trommelt ihre Bäuche rot, manche schlafen darüber ein. Felizitas nicht.

Weil sie trocken ist. Und weil sie nackt ist.

Vor ihr schlappt Annelies mit den Badepantoffeln. Das schmatzt laut, die unter dem Wasser dösenden Mädchen erwachen einen Moment, um gleich, mit träger Drehung, lächelnd, den Rücken unter den Strahl zu biegen. Durch den Dampf hindurch blicken weiche, gedunsene Gesichter herüber in die andere, irdische Hälfte der Welt, verwundert, ungläubig: das muß ein Irrtum sein.

Mit zwei Klemmen steckt Felizitas ihr rotblondes Zöpfchen hoch. Immer an dieser Stelle des Tages tut sie das. So versteckt sie die Verlegenheit hinter der Armbeuge. Felizitas hört vielleicht nie auf, ein Kind zu sein?

Sie drückt die Knie durch, wird noch eckiger. Daran ist nichts Kindliches. Schließlich hat Felizitas ein Kind. Nun muß sie weitersehn. Sie muß eine Frau werden.

Aber Frauen, das sind die anderen, die aus großen Lungen unter dem Wasser atmen, die ein Gewicht in die warmen Steine drücken, deren Worte sich unerwartet, zusammenhanglos in einem Lachen verlieren können, einem Lachen aus einer unergründlichen Gelassenheit und Trägheit, als sei alles, was zu haben sei, bei ihnen.

Aber das muß doch ein Irrtum sein!

Felizitas, die trocken ist, weiß das, sie ahnt es, wenn sie in die harten Arbeitshosenbeine steigt, weiß es, wenn sie geschickt in die Ärmel der breitschultrigen Jacke fährt. Sie wird sich dessen sicherer mit jedem Knopf, den sie über der Brust schließt.

Es muß ein Irrtum sein.

Ein stiller Ort ist der Kohleboden, sobald der Körper das Dröhnen, Brüllen, Klirren, Stampfen angenommen hat. Eine Gestalt bewegt sich auf der Bunkerbrücke, geht die kurze Distanz hin und her, hebt lautlos den Arm, läßt das Förderband vorwärts gleiten. Sie nimmt den Arm zurück und blickt reglos hinab in den Bunker, Minuten oder Stunden, dann dreht sie sich, stellt den Schuh rückwärts gegen das Geländer, wartet, was ihr Blick treffen wird. Unvermittelt gerät sie abermals in Bewegung, läuft vorwärts, beugt den Oberkörper weit über das Geländer, um in einen anderen Bunker zu schauen. Einmal läßt sie sich nieder, da steht ein eisernes Bänkchen, da sitzt sie ein paar Minuten, die Hände im Schoß, mit aufrechtem Rücken. Hinter ihr an dem Pfeiler stehen drei große Nummern mit Kreide geschrieben. In ihr ist Stille, die sich gegen das Brüllen der Fabrik spannt.

Da sitzt Felizitas. Der Tag, der ihr Geburtstag ist, hat angefangen. Wie jeder andere auch. Warum auch nicht.

Von den anderen vier Bunkern, von weit hinten auf der verlängerten Bunkerbrücke taucht eine zweite Gestalt auf.

Das ist Lucie.

Felizitas und Lucie gehören zusammen. Felizitas ist jung, und so betrachtet, ist Lucie alt. Lucie geht unter den Deckenbirnen wie unter Laternen im Nebel. Ihr Gesicht blitzt auf: faltig, grau, schwarze Zigeuneraugen und Zähne wie falsche Perlen an einer Schnur. Lucie kommt inoffiziell.

Ich komm schon mal inoffiziell, sagt Lucie.

Das sagt sie in einem Ton, der vieles verheißt. Denn auf das Inoffizielle folgt das Offizielle, natürlicherweise. Das weiß auch Felizitas, ohne daß sie darüber nachdenken muß. Es ist also jetzt in ihrem Unterbewußtsein vermerkt, das Offizielle, das kommen muß. Erwartung und Vorfreude machen sich dort klammheimlich breit.

Vorläufig aber drückt Lucie Felizitas etwas Eingewickeltes in die Hand, ein Stück Seife, ein gutes Stück Meißenseife. In diesen unerheblichen Dingen hält Lucies Begriff von Qualität seit zwanzig Jahren ein und dasselbe Niveau, schließlich ist der Dreck, um den es geht, auch der gleiche geblieben. Das denkt auch Felizitas: der Dreck ist das Natürlichste von der Welt, so natürlich wie die Luft zum Atmen; wäre er sonst in ihr drin? Dreck ist Dreck, und Seife ist Seife, und geschenktem Gaul guckt man nicht ins Maul.

Aber Lucie will wissen, was sich Felizitas nun an diesem Tag wünscht, was sie sich am allermeisten wünscht.

Da zuckt Felizitas die Schultern.

Aber einen großen Wunsch hat der Mensch doch immer!

Wieso eigentlich!

Du bist also wunschlos glücklich, stellt Lucie erstaunt fest. Das hört sich einfach an und ist übertrieben genug, daß man es mit gutem Gewissen bejahen kann. Redensarten werden weder auf Wahrheitsgehalt noch auf ihre Logik hin geprüft; sie dienen lediglich der Übertragung von Stimmungen. Hier oben gibt es das Kohleband, und es gibt die Stimmungen. Ersteres ist verläßlich, die letzteren schwanken. Bei Lucie wiederum stärker als bei Felizitas. Weil Felizitas weniger nachdenkt. Etwa darüber, ob sie glücklich ist oder ob sie es nicht ist. Sie ist einfach.

Für Lucie dagegen ist das Leben problemgeladen. Nicht nur ihr eigenes, auch das von Felizitas, das Leben schlechthin. Lucie ist nie ohne Wunsch. Heute wünscht sie sich, daß das Betriebsvergnügen am Abend ein richtiges Vergnügen wird.

Daß alles gut über die Bühne geht, sagt Lucie dazu.

Das versteht Felizitas nicht ganz.

Das verstehst du nicht so, sagt Lucie, wer was organisiert hat, der hängt mit ganzer Seele dran. Daß du das nicht verstehst, Kind, sagt Lucie, die seit Wochen die Arbeit hat, seit Wochen auf den Beinen ist, und auf was für welchen, Lucie rollt das Hosenbein über den Krampfadern auf: Die blauen Würmer hier, das mußt du doch auch sehen, Kind, wo es doch dein Fest ist!

Wieso? fragt Felizitas überrascht.

Da wirst du achtzehn und die Fabrik siebzig.

Felizitas schweigt.

Lucie seufzt.

Lucie und Felizitas gehören zusammen. Lucie erklärt Felizitas: Die Fabrik bleibt sozusagen jung mit dir.

Lucie sinnt diesem schönen Satz nach und kommt bei ihrer eigenen Jugend an. Sie denkt da an fliegende Fahnen und Frühlingswind und an ihr unbändiges Zigeunerhaar, und die Lieder aus den Lautsprechern gehören auch dazu; die kann sie immer noch. Nein, Lucie ist nicht alt. Lucie hat noch eine Menge Kraft. Weißt du schon, schreit sie durch den Lärm zu Felizitas, die wieder am Bandwagen steht, die Nachtschicht hat den Rekord an Exportkohle gebracht, diese Nacht!

Felizitas Händschel weiß das um diese Zeit noch nicht. Dafür hat sie Lucie Marten, die auf dem Kohleboden steht schon an die dreißig Jahre. Von ihr erhält Felizitas Händschel alle Informationen, die sie braucht, um ihrer Arbeitsaufgabe gerecht werden zu können. Das mögen mehr sein, als sie ahnt.

Da kann wohl Felizitas froh sein, daß sie Lucie hat.

Sie begreift auch gleich, daß die Leistung der Nachtschicht überboten werden muß. Das ist so einfach zu begreifen wie das Einmaleins.

Zu Ehren des Tages, sagt Lucie.

Felizitas lacht zum erstenmal und verfärbt sich ein wenig; es ist ja ihr Geburtstag.

Wenn wir den Jahrestag nicht hätten, erklärt Lucie, da hätte ein Rekord nicht solch ein Gewicht. Aber so.

Die Technologie. Die Rohkohle durchläuft vier Arbeitsgänge: Zerkleinerung, Trocknung, Kühlung, Pressung. Diese Arbeit wird in drei Abteilungen geleistet. In der Fachsprache heißen diese: der Naßdienst, der Trockendienst mit dem Kühlhaus, das Pressenhaus. Jede dieser Abteilungen nimmt ein Gebäude für sich ein. Die Technologie ist in ihren Grundzügen seit dem Jahre 1870 unverändert geblieben.

Das auf diese Weise hergestellte Brikett hat eine handliche, feste Form, die es auch im Feuer behält, selbst dann noch, wenn es glüht.

Um die Qualität jederzeit überprüfen zu können, besitzt jede Brikettfabrik ihr eigenes Laboratorium. Überwacht werden der Wassergehalt, der Heizwert sowie der Aschegehalt der Briketts. Rohbraunkohle in grubenfeuchtem Zustand enthält achtundfünfzig Prozent Wasser. Zum Brikettieren wird ihr Feuchtigkeitsgehalt auf achtzehn Prozent herabgesetzt und damit ihr Heizwert mehr als verdoppelt.

Briketts mit den besten Laborwerten werden zum Export bestimmt. Vom Kohleboden des Trockenhauses kann Felizitas Händschel, wenn sie sich weit genug über das Geländer der Feuertreppe beugt, Frau Anja sehen. Sie geht hinüber zum Labor, sie trägt hohe, weiße Schuhe mit Riemchen um die Fesseln. Geht sie zurück, hat sie auf ihrem Block die Exportleistung der Schicht stehen. Im Winter tritt Felizitas selten hinaus auf die Feuertreppe, weil dann der Temperatursturz mitunter fünfzig Grad ausmacht und sie erst die Wattejacke anziehn muß.

Aus der Brikettfabrik Rosdorf werden Braunkohlenbriketts in die BRD und nach Österreich verkauft. Unter Österreich kann sich Felizitas etwas vorstellen, etwa Hans Moser.

Die zum Export bestimmten Briketts werden in Zehnkilotüten verpackt. Die Tüten haben oben einen Henkel. Sie sind wie Tragetaschen zu benutzen. Der Verbraucher gerät so mit der Kohle nie in direkten Kontakt. Die Technologie ist mithin, entsprechend den Wünschen der Vertragspartner, weitestgehend staubfrei und hygienisch gestaltet.

Aber Störungen kommen überall mal vor. Auch zwischen Felizitas und Lucie, die zusammengehören. Zwischen sie fährt ein Blitz aus heiterem Himmel, ein erhitztes, kohleschwarzes, lärmendes weibliches Wesen. Eine, die gegen den Lärm des Kohlebodens aufkommt. Annelies, die nach jeder Schicht wieder blond wird.

Da soll man es sich nicht verdrießen lassen, denkt Lucie, läßt es aber doch. Spätestens in dem Moment, da die andere Felizitas an den Schultern zerrt und sie so auf ihre Art anfunkelt, mit einem blauen und einem braunen Auge. Und dazu Felizitas' gerötetes Gesicht, sichtbar freudegerötet. So verschieden fallen Gratulationen aus, offiziell und inoffiziell oder so wie diese, das ist etwas anderes, denkt Lucie und sucht ein Wort dafür. Ehe sie noch eins gefunden hat, schlägt hinten die Tür ein und ein wütender Schrei, dem Annelies lärmend folgt, so wie sie gekommen ist. Hinter ihr her, in hoffnungslosem Nachtrab, Felizitas' aufmerksamer Blick.

Gestern hat sie wieder einfach die Schicht getauscht, ohne jemanden zu informieren, sagt Lucie beleidigt, war wieder ein Kerl da, angeblich ganz plötzlich auf der Durchreise.

Die andere kann nur halb hinhören.

Wir wollen ja weiter nichts, als daß sie den Meister informiert, fährt Lucie fort, wenn auch versöhnlicher, alles andere ist ihre Sache. Ist ja erwachsen mit zwei Kindern. Ordnung muß sein, sagt Lucie, oder etwa nicht!

Trotzdem: Vertrauen geht über alles. Felizitas' Vertrauen in Lucie. Lucies Vertrauen in Felizitas. Das sind grundverschiedene Dinge, auch wenn zwei so eng zusammenarbeiten.

Bei uns muß der Mensch weiter sehn, über die acht Essen weg! Das sagt Lucie oft zu ihrer blutjungen Kollegin. Das kann sie nicht oft genug sagen. Und deshalb weiß Felizitas längst: Wenn einer stocktrunken auf dem Bagger sitzt, sieben Kilometer von Rosdorf entfernt in der Grube, dann bleibt wenig später bei ihr das Band stehen. Sie hat von solchem Fall gehört. Ihr Vater soll das gewesen sein, sie kennt die Geschichte nur vom Hörensagen. Passierte sie heute, dann machte sich das auch an ihrem Lohn bemerkbar. Manchmal hat Felizitas Freude daran, sich die Folgen auszumalen: Kurt Händschels aufbrausendes Lamento und die Argumente, die sie dagegensetzen würde, schlagende Argumente, wie einer von der Arbeit des anderen abhängt. Die hat sie von Lucie.

Da kann wohl Felizitas froh sein, daß sie Lucie hat.

Lucie wiederum versteht tagtäglich zu erleben, wie dieses Mädchen, das in seinem Leben wohl bisher etwas zu kurz gekommen ist, unter ihrem mütterlichen, freundschaftlichen Einfluß die Welt begreift und reift.

Und schließlich ist da auch noch dieser Reinhart. Eine offene Frage. Allem Anschein nach ein Tabu bei Felizitas, Unsicherheit oder Stolz oder ungelenke Liebe; wer kennt sich bei den Sprachlosen aus.

Da drückt sich Lucie halt mit einem munteren Stöhnen von Felizitas' Eisenbank in die Höhe.

Aber noch rechtzeitig genug, als sie eben ihren Besuch auf der nachbarlichen Bunkerbrücke beenden will, erinnert sie sich an den Ausgangspunkt ihres Gesprächs. Sie sinkt noch einmal zurück.

Nun möchte sies aber wissen. Vertrauen gegen Vertrauen.

Felizitas' Vertrauen gegen Lucies Vertrauen. Und umgekehrt.

Felizitas schweigt wie ein Stockfisch.

Verstockt ist sie überhaupt nicht. Doch bei Felizitas klingt sogar das Schweigen anders, als sie es will. Das führt zu Mißverständnissen. Vertrauen gegen Vertrauen, Lucie ist enttäuscht.

Na Mädel, hast du die Sprache verloren?

Darauf wird Felizitas natürlich nicht antworten. Diesen Satz hat sie hinzunehmen gelernt. Sie weiß, daß ihre Stärke in der Überwindung dieses Satzes besteht.

Felizitas eröffnet Lucie, was sie sich heut an ihrem achtzehnten Geburtstag mehr als alles wünscht. Vorher jedoch versichert sich Felizitas bei Lucie, daß sie nun mündig sei, ja. Daß sie gute Arbeit leiste?

Ja! sagt Lucie überzeugt.

Und für das Westgeld, sagt Felizitas, für das sie die Exportkohle in die Trockner füllt, könnte sie mit Sicherheit, ja, sie benutzt dieses Wort: mit Sicherheit, hundert Schallplatten in jenem Laden der Kreisstadt, sie sagt: *im Schopp,* kaufen, möglicherweise sogar noch mehr, aber sie will nur eine einzige mit einem kurzen komischen Wort auf der Hülle: *Eimfrie*, so sagt Reinhart dazu, so hat sie ihn singen hören, diese einzige von hundert zu vierundzwanzigneunzig, egal ob Schilling oder Demark.

Wovon sie eigentlich rede, fragt Lucie an dieser Stelle dazwischen, und da kann sie einen sehr befremdeten Ton haben.

Felizitas behält noch den sehr geraden, gespannten Rücken, aber ihr Blick rutscht schon zwischen den Knien hindurch metertief hinunter in den Bunker. Um zu erklären, was diese Musik für Reinhart bedeutet, ist die Zunge längst wieder zu lang und zu schwer, ein nasser Schwamm im Mund.

Außerdem hat sich Lucie schon erhoben, rekelt sich, setzt ein Bein vors andere, setzt es noch mal zurück, schaut herunter auf den schmalen, nicht mehr ganz so gespannten Rücken.

Mit achtzehn, sagt Lucie enttäuscht, da muß der Mensch wer sein. Da sollte der Mensch allmählich wissen, wie die großen Dinge zusammenhängen.

Dreht sich und verschwindet mit schwingenden Armen im Staub.

So geht das, wenn Felizitas Händschel schon mal an den Zusammenhang der großen Dinge denkt. Es geht schief.

Der Schreibtisch unterdessen ist auch so ein Ort der Stetigkeit. Weit unter dem großen Schornstein und unter den drei in der Höhe gestaffelten Quadern setzt sich die Fabrik in einem Anbau aus stark gedunkelten Mauersteinen fort. Seinerzeit befand sich in diesem das Kontor der Fabrikanten Sendmayer & Co. Inzwischen hat die Fabrik noch einen weiteren Fortsatz bekommen, einen noch flacheren aus Fertigteilen, der dem Kontor gegenüberliegt. Dazwischen befindet sich auf einem Karree von dreißig mal fünfzig Metern ein Grünplatz, das Wäldchen genannt. Das Wäldchen verbindet den Verwaltungsflachbau einschließlich Speise-, Versammlungs- bzw. Kulturraum, der Saal genannt, mit dem ehemaligen Kontor, zu dem eine kurze, geschweifte Treppe emporführt, in dem das Labor mit seinen Hochtemperaturöfen untergebracht wurde. Ein einziges Stück der ehemaligen Kontormöblierung blieb erhalten. Es ist ein schwerer, geschwärzter Eichenschreibtisch, ein Ungetüm von einem Schreibtisch mit Löwenhaupt und Nasenring. Er steht im Büro des Direktors, vervollständigt durch einen leichten Tisch auf Metallbeinen im Konferenzformat.

Da kommt Kreisig an diesem Morgen, Festtagsmorgen, Jubiläumsmorgen, geradewegs auf den Schreibtisch zu. Dieses ist ein verläßlicher Ort, Löwenhaupt und Nasenring, wenn Kreisig der Schuh drückt oder der Magen oder das Gewissen. Vertraut mit der Umgebung, nimmt sich Kreisig einen Stuhl zwischen die Beine.

Heute drückt ihn die Bürde einer erfreulichen Nachricht, als deren Überbringer er gekommen ist.

Noch steht Bernstein, dem die Nachricht gilt, am Fenster, nichtsahnend. Er ist gerade im Begriff, die Blumentöpfe zu wässern, die schon morgen wieder trocken sein werden. In einer Brikettfabrik bleibt die Hitze nie aus.

Ob das denn nicht Anjas Amt sei, fragt Kreisig aufgeräumt.

Nun, die Ämter, antwortet Bernstein, ohne sich umzudrehn.

Wenn Bernstein sich tief über seine Blumentöpfe beugt, leuchtet unter seinem zeitig ergrauten Haarschopf feuerrotes Nackenfleisch. Das überrascht jeden, dessen Blick das erstemal zufällig dorthin fällt. Denn Bernstein gilt als ein gefaßter Mensch. Als einer, der seinen Blutdruck mit sich abmacht.

Kreisig und Bernstein kennen sich seit dreißig Jahren.

Kreisig legt sein Berichtsbuch auf die Konferenztischplatte und plaziert zwei kräftige, ärmellose Unterarme daneben. Er ist gespannt, wie er beginnen wird. Er entschließt sich zu einem Rückblick, auch einem ganz persönlichen.

Kreisig und Bernstein verbindet eine gemeinsame Vergangenheit.

Darauf könnte man heute abend mal anstoßen, schlägt Kreisig vor, auf die erste Schicht, die erste Jugendbrigade, die Achtzehnjährigen von einst, die Kerle, die wir waren, lauter Superlative!

Bernstein läßt noch nicht ab von seinen Blumentöpfen. Verhungert war man, sagt er. Stand auf der eigenen Schwelle als Heimkehrersohn und belehrte den Heimkehrervater, was die Zukunft ist. Das Bild vergeß ich nicht. Sehr klug war man gewesen mit achtzehn! So klug, daß einem sein Glück nur noch im Dümmerwerden bestand, was eine höhere Art von Klugheit sein muß, die kommt erst mit den Jahren.

Du redest von der Familie, entgegnet Kreisig, das ist eine ganz andere Sache. Die Dimension ist zu klein!

Der Mensch braucht seine Bilder, sagt Bernstein, sich endlich umwendend. Er überlegt, wann er das letztemal mit Kreisig so gesprochen hat; er kann sich nicht erinnern. In irgendeiner Sprache müssen sie doch die letzten dreißig Jahre miteinander verkehrt sein, es gab doch nie Mißverständnisse ...

Denk an den Augenzeugen vom Januar fünfzig, Bernstein! Die Bilder vergißt du nicht, die tragen wir alle in uns, die wir den Anfang miterlebt haben, hier! Und dabei tippt Kreisig auf seine linke Brust, dort hat der Synthetikpulli ein kleines Täschchen.

Januar war das? wundert sich Bernstein, daß du dir das merkst!

Ich merke mir alles, sagt Kreisig, ich habe Zahlenkolonnen im Kopf und große Bewegungen, ganze

Blöcke von Aktivitäten nach vorn, auf das Ziel zu, ich weiß, wie man den Anstoß setzt und wie sich Initiativen ausbreiten; wir sind beide durch eine gute Schule gegangen, Bernstein.

Ja, sagt Bernstein, und trotzdem haben wir beide unterschiedliche Bilder von einer Vergangenheit. Ich sehe dein Gesicht, mager, geschüttelt vom Preßlufthammer. Weil es dem Kameramann in der Grube an Licht fehlte, hatte er dich draußen an eine Wand plaziert, die das Flöz darstellen sollte, dann aber nicht mit aufs Bild kam. Erste Aktivistenschicht, hieß der Titel. Der Kameramann ging vor dir in die Knie, er fand diesen Blickwinkel spannungsgeladener. Geschwitzt hat er bei der Aufnahme, als stünde er selber am Hammer ...

An den erinnere ich mich nicht, sagt Kreisig hilflos.

Das meine ich, antwortet Bernstein, wir haben unterschiedliche Vergangenheiten.

Nun setz dich doch endlich dorthin, wo dein Platz ist! seufzt Kreisig lachend. Der Mensch braucht seine Bilder, also bitte ich, dein Jugendfreund Kurt Kreisig, dich jetzt: Bernstein, geh hinter deinen Schreibtisch und sei der Alte!

Und da sitzt Bernstein nun und stellt die Ellenbogen ins Papier.

Und Kreisig klappt sein Buch auf, hakt Erledigtes ab, bevor er zu sprechen beginnt, murmelt etwas vor sich hin. Wir waren drei, sagt er plötzlich laut, als habe sein gutes Gedächtnis tatsächlich eben eine Schwachstelle offenbart, die er nun zu dichten bemüht sei. Zusammen waren wir damals drei in der Aktivistenschicht, drei Kumpel, oder? Bernstein nickt.

Bernstein, Kreisig, und wie hieß denn der dritte? fragt Kreisig.

Der dritte hieß Jarock, erinnert sich Bernstein.

Der verschwand doch dann plötzlich, sagt Kreisig.

Richtig, vermutet Bernstein, denn an diesem Punkt will er seinem Gedächtnis nicht trauen. Aber den Fakt kann er nicht leugnen.

Wieso verschwand denn der so plötzlich? fragt Kreisig, als sei das eine Prüfungsfrage an Bernstein. Und Bernstein weiß die übliche Antwort, aber ganz wohl ist ihm nicht dabei.

Abgehaun, das wars wohl.

Na sag ich doch! beendet Kreisig zufrieden das Thema.

Was?

So unterschiedliche Bilder haben wir beide gar nicht, Bernstein! Aber nun zur Sache!

Direktor Bernstein, Rolf Bernstein, Leiter der Brikettfabrik Rosdorf, widerfuhr das Glück seines Lebens, als er sich nach zwei Frontsoldatenjahren, lebendig mehr an Leib als an Seele, in der Gegend wiederfand, die zu ihm gehörte. Lebendig, das reichte aus, um zu tun, was nötig war. Rolf Bernstein wurde Gleisarbeiter, Gleisbrigadier, erster Jugendbrigadier im Tagebau, Parteimitglied.

Du mußt wissen, was du machst!

Das war der Vater. Der Vater, KPD, war in der

Nacht der Machtergreifung Hitlers verhaftet und drei Jahre in Schutzhaft gehalten worden. Danach hatte er sich jede Woche im Polizeiamt melden müssen. Neun Jahre lang jede Woche. Nach fünfundvierzig hat er eine Ortsgruppe der KPD aufgebaut. Maßnahmen zur theoretischen Festigung hat er, jedenfalls was seine Person betraf, abgelehnt.

Aber du mußt wissen, was du machst!

Das hat Rolf Bernstein immer gewußt. Sicherheit ist weniger eine Sache des Wissens als eine des Charakters. Kann sich der Charakter eines Menschen im Laufe seines Lebens wesentlich ändern?

Der Mensch kann müde werden. Aber nicht Bernstein, Bernstein ist Leiter eines Produktionsbetriebes, dieses ist sein siebentes Jahr in Rosdorf. Nur von außen betrachtet, scheint das immer das gleiche zu sein: hundertvierundzwanzig Menschen, die er gut kennt, mag sein: unterschiedlich gut kennt, alte Maschinen, alles siebzigjährige, die werden mit den Jahren unberechenbar, und dazu Kennziffern, die wachsen. An seinem schwarzen Eichenschreibtisch ist Bernstein dabei nie etwas schiefgegangen. Er kann auf Versammlungen zuhören, er kann sich einmischen, er kann Versammlungen leiten und vorher wissen, wo er ankommt. Ein Mann in seinem Alter weiß, was möglich ist und was nicht.

Der Mechanismus, der das eine vom anderen unterscheidet, hat sich ihm angeeignet im Laufe der Berufsjahre, das war ein unbewußter Vorgang. Selbstsichere, relativ stabile Charaktere nehmen solche Veränderungen kaum wahr.

Kann sich der Charakter eines Menschen im Laufe seines Lebens wesentlich ändern?

Kreisig jedenfalls kommt zur Sache. Sie ist eilig. Da kam ein Glück ins Haus gefahren mit der allerletzten Eisenbahn: Wir kriegen einen Helden!

Bernstein klappt seinen langen Handteller auf und wieder zu, was nichts zu bedeuten haben mag, aber hier sind sich beide wortlos einig: In solchen Dingen nimmt man, was man kriegen kann.

Einen Helden also, sagt Bernstein langsam.

Einen Helden, bestätigt Kreisig befriedigt.

Was denn für einen Helden?

Einen der Arbeit natürlich.

Das ist gut! Bernstein freut sich, das ist sehr gut. Wenn auch etwas überraschend, wo doch der Feiertag schon im Gange ist.

Da heißt es handeln, stellt Kreisig fest. Darum ist er hier.

Fangen wir also an! sagt Bernstein und schiebt die Hände unter die Achseln.

Es ist ein weiblicher Held, verrät Kreisig.

Bernstein wartet.

Und Arbeiter soll er sein!

Eine Arbeiterin also, erkundigt sich Bernstein erfreut.

Gewissermaßen ja.

Eine Pause tritt ein. Bernstein und Kreisig lassen die Pause sich breitmachen. Diese Entscheidung, die wegen der Kurzfristigkeit nun ihnen beiden obliegt, hat eine angemessene Pause verdient. Und schließlich greift nun Bernstein zu seinen unbestechlichen Zahlen, den Produktionsergebnissen der Schichten. Damit will er der Sache ein ganzes Stück näher kommen.

Und dabei hat Kreisig seinen Freund Bernstein im Blick, Bernstein am rechten Platz, am sicheren Platz, die Sicherheit des alten Schreibtisches wird auf Bernstein übergehn, hofft er, sie ist auf alle übergegangen, die an ihm gearbeitet haben. Und ein Leiter muß Sicherheit ausstrahlen, sonst ist er fehl am Platz.

Bernstein indessen sucht nach Sicherheit. Er sucht sie in den Produktionszahlen seines Betriebes, Bernstein will sich an die Tatsachen halten.

Aber da stellt sein Jugendfreund Kreisig ein Wort in den Raum, dem an Eindeutigkeit nichts gleichkommt. *Schief-Lieger* nennt er Bernstein.

Damit nimmt das Gespräch des Gewerkschaftsvertreters Kurt Kreisig mit Rolf Bernstein, Leiter der Brikettfabrik Rosdorf, unversehens einen anderen Charakter an.

Es bekommt einen gewissen unterirdischen Ernst.

Grundsätzliches schwingt da mit.

Kreisig traut Bernsteins Zahlen nicht. Sie sind ihm zu nüchtern, anders als seine, Kreisigs, Zahlen, Mitgliederzahlen, Beteiligungsquoten, da schwingt der Mensch mit, der Mensch im ganzen! erklärt Kreisig, in diesem Falle: die Frau. Seine schweren Unterarme modellieren seine Vorstellung skizzenhaft in der Luft.

Denn letztlich sitzt die alte Freundschaft tiefer als das Grundsätzliche. Oder auch an einem anderen Fleck.

Bernstein prüft noch mal die Erinnerung: Vor dreißig Jahren erfüllte ihre Aktivistenschicht die Norm mit dreihundert Prozent. Ein Drittel davon hatten sie am Abend vor der Schicht in Überstunden schon aus dem Flöz gehauen. Das hieß Arbeitsplatzvorbereitung, ein landläufiger Trick, Aktivistentrick, denn die Kräfte waren dünn wie die Graupensuppen. Aber am Feierabend vor den Filmleuten stand die Zahl dreihundert Prozent, diese unbestechliche Produktionszahl. Dann sahen sie sich auf der Leinwand im Kino wieder: Zwei schwarze Gestalten mit weißen Augäpfeln traten nach zehn ungewöhnlichen Förderstunden ans Tageslicht, und Bernstein hatte sich damals geärgert über seinen mißtrauisch blinzelnden Blick, aber gewundert hatte er sich über die Stimme im Kinosaal, einer kleinen dunklen Turnhalle, sie sprach wie über einen Platz, der zehntausend faßt, über eine Arena, ein gewaltiges Theater hallte die neue Normzahl dreihundert.

Links neben sich hatte Bernstein nur Kreisigs sprachloses Staunen vernommen, und rechts, da raschelte jemand mit einer leeren Tüte. Aber das war nicht der dritte, Jarock, der es doch hätte sein sollen.

Wieso bewegt das Bernstein jetzt, da er einhellig grau geworden ist? Da drängt Kreisig lieber ins Gegenwärtige, was allemal das Entscheidende ist.

Also der Held. Ich hatte an Lucie gedacht.

Dazu gehört nicht viel, findet Bernstein.

Als Argument gegen seinen Vorschlag lehnt Kreisig diese Bemerkung rundweg ab. Es sei denn, er, Bernstein der Leiter, meine, daß die, die sich engagieren, auf allen Ebenen engagieren, die überall mittun in diesem Leben, daß die nur das Selbstverständliche damit tun und deshalb keines Ordens wert seien? Auch dieses Argument lehne Kreisig ab, er nähme aber dieses Thema bestimmt noch mal auf, der Klarheit unter Freunden wegen.

Kein Anlaß, mein Lieber, stellt Bernstein ungerührt fest.

Und damit tritt ein, was doch Kreisigs ständige Rede ist: am Ende sind wir uns immer einig gewesen! Und schließlich ist Lucie eine von uns.

Das sind wir alle, Kreisig. Alle sind wir welche von uns! Diesem Satz versteht Bernstein Nachdruck zu geben. Es kommt ihm so vor, als habe er lange über ihn nachgedacht, ohne es zu merken.

Wer sollten wir auch sonst sein! Vor allem anderen, das wir nun sein mögen oder nicht, sind wir erst mal alle welche von uns. Das ist das Fundament aus einem Guß, der Risse verträgt, darauf bauen wir. Verstehst du was von Statik, Kreisig? Einen von den größten Schornsteinen, durch die sie in der Stadt unsere Steine verpuffen, hat einer der größten Schornsteinbauer entworfen, ein bekannter Mann zu seiner Zeit, das war ungefähr vor achtzig Jahren. Zwei Jahre später hatte die Esse einen Riß, den konnten die Leute vom Stadtrand aus sehen, wenn sie sonntags auf dem Kissen aus dem Fenster lehnten. Dabei müssen sie eines Sonntags auch den bekannten Mann gesehen haben. Er stand auf dem Rand, und dann ließ er sich fallen. Sein Schornstein steht heute noch.

Was denn heute in ihn gefahren sei, fragt Kreisig

gereizt, sie hätten schließlich ihre Erfahrungen aus dreißig Jahren, und da sei nicht alles Gold, was lediglich mit guten Taten glänzt; der eine macht seine Arbeit, und der andere macht ein bißchen mehr; man muß doch Unterschiede machen! Hast du was gegen Lucie?

Fast absolut nichts, antwortet Bernstein geschlagen.

Daraufhin kann Kreisig seinen Stift vom Ohr nehmen, ihn erleichtert in Tätigkeit setzen, zurückstekken, sich zufrieden erheben, während Bernstein seine langen Beine gegen die eichene Decke seines Schreibtisches spannt, da ist Kreisig bereits an der Tür.

Halt! befiehlt Bernstein, halt! Lucie hatte die Reise.

Kreisig seufzt tief auf. Verdient, Bernstein! Lucie Marten, mein lieber Bernstein, das ist *das Beispiel* für alle.

Aber bei einer weltreisenden Heldin, mein lieber Kreisig, da hört das Beispiel eben auf, da beginnt das Privileg. Und daß sie das einer Frau wie Lucie nicht antun dürfen, davon ist Rolf Bernstein überzeugt.

Kreisig nickt. Es gibt verbindliche Werte, die alle verstehen wie ihre eigene Sprache. Dazu gehört ein Orden. Ein Orden ist kein Geschenk für den, der ihn hat; ein Orden ist eine Bedeutung für die, die ihn nicht haben. Ergo ist der, der ihn hat, ein Bedeutungsträger. Auf die Wahl des Bedeutungsträgers kommt es an. Das ist so, solange sie beide sich kennen. Auch für die Aktivistenschicht nahmen sie nicht jeden. Bernstein soll sich doch erinnern.

Das nun tut Bernstein heute unentwegt.

NACHTRAG: An besagter Aktivistenschicht vor mehr als drei Jahrzehnten war außer Kurt Kreisig und Rolf Bernstein noch eine dritte Person beteiligt. Sie hatte sich nach zehnstündiger, außergewöhnlicher Förderleistung deren Dokumentation im Film entzogen. Das war wider die Abmachung.

Mehr noch, als die Filmleute ihre Arbeit leisten wollten, schrie besagte Person sie an, sie sollten abhauen. Vermutlich war diese Reaktion der enormen Anstrengung zuzuschreiben, die vorausgegangen war. Die Aufgeforderten zeigten sich überrascht, aber nicht beeindruckt. Daraufhin tat der Mann selbst, was er von jenen verlangt hatte. Aufsehen erregte das nur für den Moment. Später hielt man sich dann an die Eindeutigkeit des Verbs *abhauen*. Die Person wurde unter den täglichen Verlusten verbucht. Eigentlich ist sie in niemandes Bewußtsein.

AUCH FÜR EINEN AUSSENSTEHENDEN GIBT DAS GANZE EIN GANZ NORMALES BILD. Die alte Brikettfabrik atmet. Sie schnaubt, ein schwarzes Roß, weiße Dampfgirlanden an den Himmel. Ein alter Klepper.

Und auf so einen wird man gesetzt. Wird gar nicht gefragt. Ein Absolvent wird nicht gefragt, sondern vermittelt. Steffen Sohr, zukünftiger Absolvent, jetziger Praktikant, nimmt den Weg vom Bahnhof quer durch Rosdorf zur Fabrik das drittemal. Das drittemal die Strecke von seiner Hinterhofwohnung im Osten der Bezirksstadt bis zur Zugstation Rosdorf. Noch einen Kilometer läuft er bis zur Fabrik. Um diese

Stunde überholt ihn niemand mehr, die Schicht hat längst begonnen, seit sechs sitzt der Direktor an seinem Schreibtisch, nur ein Praktikant hat seine Probezeit.

Sohr geht seine Probestrecke auf die Fabrik zu, und dabei denkt er sich sein Teil. Denn man muß tun, was man gelernt hat. Sohr hat denken gelernt, er wird ein Diplom bekommen. Man darf nicht aus der Übung kommen.

Aber die Angst packt Sohr, sobald er nach der letzten Wegkrümmung die Fabrik vor sich liegen sieht: dampfend, rumorend, von grobem Umriß. Er weiß von anderen seiner Art, die sind nach einem halben Jahr von solchen Ungetümen verschluckt worden, und nirgends war ein Rest ihrer kühnen, eleganten Ideen auffindbar gewesen.

Das will Sohr besser machen. Er will den Anfängen wehren, er übt schon ein bißchen: er nähert sich der Fabrik aus der Ferne und bleibt an diesem Wort hängen. *Ferne.*

Ein trigonometrisches Wort? Ein sachliches, wenn auch nicht eindeutiges Wort für einen, der sich über ein Meßtischblatt beugt.

Aber was, wenn man an einem klaren Septembervormittag die Fäuste in die Taschenzipfel seiner Kutte stemmt, Fuß vor Fuß setzt und sich ausrechnet: Wie lange das dauert, was vor drei Tagen angefangen hat?

Die Ferne. *Die Fremde.*

Ist Sohr ein Philosoph? Ein Philosoph ist der, der das Gesetz erkennt. Sohr hat das Gesetz gelernt.

Eines weiß er sicher: daß die Ferne abnehmen muß, wenn ein Ziel da ist und er sich bewegt.

Dabei wächst sich die alte Fabrik zu einem Riesen aus. Ohne Geräusch und ohne Geruch, ohne die Nadelstiche der Kohle auf der Haut nur so lange, da einem der Wind im Rücken steht. So lange läßt es sich unverwandt gehen auf die Ferne zu. Da ist noch alles möglich.

Alles Mögliche.

Das muß der Mensch denken dürfen. Das braucht er. Diesen Gedanken will Sohr, der Praktikant, üben, bevor es zu spät ist.

Das drittemal schon oder das drittemal erst, das ist eine Sache der Identifikation, und er, Sohr, rechnet sich zu den Menschen, die sich schnell auf neue Lebenssituationen einzustellen vermögen, dessen muß er sich jetzt versichern: Flexibilität.

Er rückt seine Brille fest, so kündigen sich bei ihm die Aktionen an, er stemmt die Fäuste noch tiefer in die Taschenzipfel, durch seine Gläser radeln zwei Frauen, vom Werktor herkommend, und ihm kommt die Idee, die Selbstverständlichkeit seines Hierseins zu testen.

Aber das ist ein träges, zielstrebiges Pedaletreten, kaum mehr als ein zufälliger Blick, der über den Brillengläsern dieses jungen Mannes ausrutscht, zwei Gesichter, spröde von Jahren, in denen es arbeitet auf das Zukünftige hin: das Gespräch am morgendlichen Feierabendtisch, das gewärmte Bett.

Da weiß sich einer wie Sohr als Sieger, aufgenommen glaubt er sich, er nimmt diese beschäftigten Gesichter für die offenen Arme, die er sucht, das Mitwisserlächeln des Mannes im Pförtnerhäuschen und all das beredte Schweigen, das sich um ihn legt, wie eine neue Wattejacke.

Er dreht sich noch einmal um, tut einen letzten Blick auf das, was gleich das Draußen sein wird: die Straße, ein Werkbahngleis, durchsichtige Birkenplantagen in der Ferne, eine Allee dünner Pappeln, drei überlebensgroße Porträts von ausgezeichneten Arbeitern in Schwarzweiß, ein alter, frischgestrichener Zaun, und um das alles paßt sich ein Rahmen: der feste Rahmen seiner Augengläser. Es sind starke Gläser, solche, die die Augen vergrößert herausheben aus dem Gesicht. Einer wie Sohr ist angewiesen auf die Grenzen seiner Gläser.

Er legt fest die Hand um den neugestempelten Betriebsausweis, die Hand mit dem Ausweis nach oben, brummiger Kumpelgruß in Richtung des Pförtners, dessen Mitwisserlächeln – geschafft.

Der Mensch ist Subjekt. Das hat er studiert.

Und nun hat der Praktikant Sohr seinen Plan für diesen Tag und darüber hinaus. Da muß er zuerst das Wäldchen durchqueren. Sohr schafft es in fünfzig Sekunden, das ist sein Probestart. Am Ende, da trifft er auf Kreisig, der schaukelt wie auf Luftkissen daher.

Was er vorhabe, erkundigt sich Kreisig, und Sohr spricht von seinen Plänen.

Aber deine Brille …! wendet Kreisig ein, seine Stimme meldet Bedenken an. Der Praktikant untersucht tastend seine Brille.

Dreck fliegt hier eben rum bei uns, sagt Kreisig. Er will ihm nach Feierabend mal seine Zähne zeigen.

Und dann so einer wie du!

Der Praktikant wird fahrig. Was denn für einer!

Kreisig lacht, seine fleischige Hand umfaßt den nervösen Ellenbogen des Praktikanten.

Ein frischer Kader!

Na und?

So ein frischer Kader sieht schnell mal was falsch, sagt Kreisig, da sind sie miteinander wieder am entgegengesetzten Ende des Wäldchens angekommen, wo Sohr eben schon war.

Sieht was falsch? fragt er herausfordernd.

Kreisig bleibt gemächlich stehen. Na uns, sagt er mit einer Bewegung seines nackten Unterarms, die den Praktikanten einschließt.

Da wendet sich Sohr zum zweitenmal an diesem Tag seinem Ziel zu, und diesmal schafft er das Wäldchen in dreißig Sekunden.

Wenn alles glatt geht, soll er hier mal Direktor werden.

Aber erst einmal dazugehören. Sohr sucht das Kleidermagazin. Dabei unterquert er befensterte Viadukte, schlägt Haken, folgt einem Trampelpfad, versackt im Schlamm. In einer Maueröffnung sieht er eine Arbeiterin mit geschwärztem Gesicht, jung oder alt; mit einem Schlauch spritzt sie Wasser in den Kohlendreck. Sohr rekonstruiert sich das Bild der Fabrik, wie es in der Ferne so klar gegliedert vor ihm gestanden hatte: drei Quader und Verbindungsbalken, fallend oder steigend, von einem Kubus zum anderen sich streckend, frei schwebend, ein vollendetes Formengleichgewicht, ein solider, klarer Bau von hinfälliger, aber ehrwürdiger Gewichtigkeit, von Männern durchdacht und durchrechnet, die sich Erfinder nannten, Männern, die noch Namen hatten, ja, damals kannte man noch Namen, denkt Sohr, der Praktikant, und findet den Weg nicht, den er sucht.

Schließlich findet er hinter einem Tisch eine Frau, die sieht ihn an ohne Augenzwinkern. Ein Neuer eben. Sie heißt Christel, ist nicht jung und nicht alt. Drum kann sie jetzt auch sagen: Zieh die Hosen aus!

Aber da zeigt es sich, wer ein Neuer ist. Er tut sich schwer. Wie steht er auch da in seiner Blöße.

So sind wir alle, mein Junge. Und die Hosenträger über Kreuz, sagt Christel und kann zufassen. Die Hosenbeine in die Stiefel rein! Wattejacke und Helm.

Die Ärmel stehen appreturfrisch vom Körper weg. In den neuen Schuhen kann er die Zehen spielen lassen. Er tut einen Schritt auf Probe und tut ihn wieder zurück. Er bleibt stehen, wo er steht: vor dem hochgeklappten Tisch, die Arme abgespreizt, den Kopf gerötet unter dem sonnenblumengelben Helm.

Aus den Regalen hat Christel ein dickes Buch gezogen. Der Name?

Praktikant, antwortet Sohr zögernd.

Ich bin Christel, und dabei lächelt sie ganz ohne Augenzwinkern.

Sohr, Steffen. Und so ohne Helm ist er erst richtig rot.

Er setzt seinen Namen unter eine lange Reihe fremder Namen in Christels Buch. Und als Gegenleistung für dieses überraschende Festgelegtsein, dessen unzählbare Wiederholung er noch kaum ahnt, schichtet sie ihm ein Kleiderpaket in die Arme, es sind seine alten Sachen, und obenauf legt sie den gelben Helm. Da vermag er sich nun nicht weiter zu erklären, denn es ist seine Art, dabei weit auszuholen. Er wird die Dinge zunächst auf sich beruhn lassen. Da steht sein Name in der Spalte »erhalten«. Worauf sonst sollte er bauen. Dies hier ist eine Tatsache.

Das Wichtigste über Lucie. Lucie braucht durchschnittlich vier Stunden Schlaf. Napoleon soll mit zwei ausgekommen sein.

Das Siedlungshaus, in dem Lucie wohnt, steht der Brikettfabrik so nah, daß Lucie jede Unregelmäßigkeit im Dampfausstoß hört, ja fühlt bei geschlossenem Fenster. Manche behaupten, sie habe diese Empfindlichkeit erst nach ihrer mißglückten Ehe vor zwanzig Jahren entwickelt. Aber bewiesen ist das nicht.

Lucies sieben Ämter sind allesamt Ehrenämter. Sie ist, in zwangloser Reihenfolge aufgezählt: DFD-Vorsitzende, Ratsmitglied, Mitglied im Wohnungsausschuß, Parteisekretär, Volkskorrespondent, Redaktionskommissionsmitglied. Von der Kindheit ihres sechsundzwanzigjährigen Sohnes her rührt ihre Funktion als Elternbeiratsmitglied. Die Schule bittet sie seither jede Wahlperiode aufs neue um ihre Mitarbeit. In jedem Frühling ist Lucie Festredner zur Jugendweihe. Von Beruf ist Lucie Marten Maschinist für Brikettierung.

Wer so oft wie Lucie Marten seinen Lebenslauf in Kurzform mit zwei Durchschlägen abgeschrieben hat, der weiß, wer er ist.

Und die anderen wissen es auch.

Ach, die Marten, die hängt überall ihre Gusche rein.

Nur eine Person in der Fabrik weiß von Lucies Gallensteinen. Über Krankheiten redet Lucie nicht.

Das Alltägliche im Festtäglichen oder umgekehrt. Ein stiller Ort ist der Kohleboden; der Mensch gewöhnt sich an alles. Der Mensch ist ein Gewohnheitstier, aber der Schein trügt. Denn unter dem Dröhnen des Kohlebodens wächst jahrein, jahraus die Hellhörigkeit. Das leichte Schwindelgefühl, das Lucie erfaßt, während sie sich über den Bunker beugt, nimmt Felizitas wahr, ohne es recht zu wissen. Mit ein paar Laufschritten ist sie drüben auf der anderen Seite, hantiert mit Lucies Handfeger, kehrt das Eisenbänkchen ab, stößt die Feuertür auf, für Frischluft sorgend, indessen hat Lucie ihren Kopf mit dem alten Tuch rückwärts auf die Geländerstrebe gelegt, die Augen sind geschlossen, um die Mundwinkel zuckt es, etwas zwischen Schmerz und Ironie.

Mit achtzehn, sagt Lucie, da war ich den Leuten unheimlich.

Felizitas hockt daneben und betrachtet Lucies Gesicht, ein wildes, verwittertes Gesicht mit einem männlichen Flaum auf der Oberlippe, und überall sitzt die Kohle. Diese Nähe macht sie scheu.

Da zog ich los, fliegende Fahnen, Frühlingswind. Kennst du das? fragt Lucie.

Was?

Das Lied?

Nein.

Lucie macht die Augen wieder zu. Kannst du auch nicht kennen. War meine Zeit. Deine ist anders. Deine und meine Zeit. Und doch ist alles eins, sagt Lucie, ich hatte auch einen kleinen Jungen wie du.

Felizitas weiß das. Alle wissen das. Weil Lucie so selten darüber spricht.

Er lebt mit Familie im Norden, sagt Lucie, da gibts keine Probleme. Armeesiedlung nahe am Wald, da wachsen die Kinder in der Natur auf. Der Junge hats richtig gemacht, ja, sagt Lucie, und seine Mutter, die hat ihren Anteil daran, warum soll man da nicht stolz sein. Nur daß er zu weit weg ist ..., und nun muß Lucie doch schlucken, aber nun sieh dir diese Egoistin an, Mädchen!

Da atmen sie beide Schulter an Schulter, schweigend, jede mit ihrer Art Schweigen: Lucie mit einem erschrockenen Schweigen und Felizitas mit einem verwunderten Schweigen. Vertrauen gegen Vertrauen. So feiern sie beide schon ein bißchen Geburtstag.

Das Band läuft, die Deckenbirne glitzert, es dröhnt und staubt aus den Bunkern herauf. Felizitas vergißt diese vierundzwanzigneunzig Demark West, und Lucie vergißt ihre Gallensteine. Gäbe es nichts als die Arbeit, dann wäre alles abzusehen.

Man erwacht, zieht die weiße Wäsche über die

weiße Haut, läuft durchs Dorf, macht kein Aufsehn, zieht die weiße Wäsche aus, läuft trocken durchs Bad, zieht die schwarze Wäsche auf die weiße Haut, Latzhose, Wattejacke, Schnürstiefel, Kopftuch. Man beobachtet das Band, es dröhnt und staubt.

In einer Schicht fallen neunhundert Tonnen Rohkohle vom Band in die Bunker. Auf dem Kohleboden herrschen im Sommer fünfzig Grad Hitze. Unten an den Trocknern herrschen im Sommer achtzig Grad Hitze. Das gibt Lohnzuschläge.

Der Braunkohlenstaub ist für die menschliche Gesundheit nicht schädlich. Nach Schichtschluß rieselt er auf den Steinboden vor dem Spind. Unter der heißen Brause liegen. Das nackte Gesicht gegen den Strahl drücken. Die weiße Wäsche über die geweichte Haut streifen. Taub sein von der Stille über den Feldern.

Wenn das alles wäre?

Es hat wohl noch niemand ausprobiert. Die eine hat Gallensteine, die andere das falsche Geld, der Junge sucht den Stein der Weisen, und den Alten erdrückt sein Gewicht.

Wenn ich so jung wäre wie du, sagt Lucie Marten zu Felizitas Händschel, ich wüßte, was ich täte!

Lucie hat sich aufgerichtet. Alles liegt doch an dir! Das ist die Chance deiner Jugend, Kind! Uns damals hat auch keiner was geschenkt. Wir vor dreißig Jahren, wir wußten: alles liegt nur an uns. Wie wir es machen, so wird es sein. Ihr aber habt eine Menge geschenkt bekommen, sagt Lucie, zum Beispiel die Macht. Aber ihr macht nichts!

Wieso? fragt Felizitas, überrascht von Lucies plötzlicher Energie.

Wieso, wieso! Was bist du denn: Teilfacharbeiter. Ist das ein Beruf?

An dieser Stelle zieht Felizitas verstört ihren Arm von der Geländerstrebe. Sie hält es auf einmal für unmöglich, daß Lucie seine vertrauensvolle Nähe bemerkt hat. Felizitas nimmt Anlauf zu einer Erwiderung. Aber die Zunge liegt im Weg.

Nur mal als Beispiel, bringt Felizitas stockend heraus.

Zum Beispiel eine Fremdsprache braucht sie an ihrem Arbeitsplatz nicht. Schließlich hat Felizitas an ihrer Muttersprache genug.

Aber Lucie findet, daß es darum überhaupt nicht geht. Es geht um das Angebot: um Frauenförderungspläne, um die Betriebsakademie im Kombinat, um die Förderung der Jugend, um die Möglichkeiten, die einer mit achtzehn auch in einer alten Fabrik hat, um das Angebot geht es, das Felizitas gemacht wird: gratis, geschenkt! Aber sie greift nicht zu.

Nichts ist geschenkt!

Das eben hat Felizitas gesagt, und das ist nun so ein Satz von Marianne. Mariannes Sätze überdauern die Zeiten.

Aber Lucie hat noch ganz andere Argumente. Lernt etwa der Mensch für einen Arbeitsplatz? Lernt denn der Mensch das Leben lang, um auf einen Automatikknopf drücken zu können, der einen Bandwagen über vier Bunker fährt? Da brauchte wohl keiner seine Jahre dranzusetzen! Das könnte er schneller haben.

Wozu lernt also der Mensch? fragt Lucie, fürs Leben! Damit er aus seinen paar Jahren machen kann, was irgend möglich ist. Ja. Damit er weiter sieht als bis zu einer verrußten Deckenbirne und tiefer blickt als die fünf Meter, die sein Kohlebunker tief ist, sagt Lucie, ja. Gerade wenn einer in einer alten, engen Bude sitzt wie unserer, dann muß er mit dem Geist um so höher hinaus!

In Heimatkunde war ich gut, sagt Felizitas, sie denkt an den Blick aus dem Schulfenster. Sie sagt, manchmal wird ihr ganz komisch zumute, wenn sie hier oben aus der Feuertür guckt und daran denkt.

Woran denn bloß? fragt Lucie.

An die Riesenlibellen mit blauen Flügeln und so ...

Komisch, wundert sich Lucie, und dann schweigen sie wieder ein bißchen. Später trennen sie sich, jede fährt ihren Bandwagen über den nächsten Bunker, die halbe Schicht ist vorüber.

Felizitas schlägt einmal die Feuertür auf, sie kann weit übers Land sehen; der Vormittag leuchtet. Lucie steht noch einmal hinter ihr: Und dieses Wort: *Teil*facharbeiter! Aus jedem Teil muß ein Ganzes werden, sagt Lucie, das ist gewissermaßen Gesetz!

Das ist Gesetz? vergewissert sich Felizitas.

Lucie bestätigt es. Was wolltest du denn werden, etwa ein *Teil* ...?

Nein, sagt Felizitas, Frisösin.

Nach einer ganzen Weile sagt Lucie: Ein schöner Tag. Dann schlagen sie die Feuertür wieder zu, und Lucie geht armeschwingend hinüber auf ihre Brücke.

Zwar ist heut der Jahrestag, aber aller Tage Abend ist das bestimmt nicht.

Hätte Lucie Marten sich je mit solchen Redensarten eingelassen, wäre sie dann, was sie heute ist: Motor, Organisator, Registrator menschlicher Beziehungen in der alten Fabrik, unerschöpfliche Quelle, die im verborgenen sprudelt, Ermunterung für die Alten und die Jungen gleichermaßen, verläßliches Zentrum aller Bewegung?

Sie wäre es nicht.

Lucie wird also nicht bis zum Abend aller Tage warten. Nicht mal bis zum heutigen.

Inzwischen nimmt das Alltägliche seinen Lauf; die Bunkerbrücke zittert, da taucht Annelies im Nebel auf, erhitzt von innen und außen, und sitzt gleich zwischen den beiden.

Ein Päckchen Briefe wickelt Annelies aus Zeitungspapier, Vorsicht!, weiß und rosa geblümt. Womit sollte man sie berühren, wenn nicht mit den dunkelbraunen Händen, selbst ein Kuß drückte sich in gleicher Farbe ab. Felizitas schafft noch einmal den Handfeger herbei; hier oben wirbelt alles Staub auf.

Annelies sitzt nun fest in der Mitte, neben ihr die kleine Felizitas und die breitsitzige Lucie, und aller Interesse ist ungeteilt.

Lucie seufzt, zieht Felizitas andeutungsvoll am Kopftuch, summt auch schon wieder, vielleicht ihr Lied.

Felizitas lächelt auf das rosa Päckchen, seltsam still

gespannt. Ein stiller Ort ist der Kohleboden. Annelies hat eine Annonce in die Zeitung gesetzt, in die Bezirkszeitung natürlich, man tut, was man kann. Und nun hat sie sich in der Bezirksstadt dieses Päckchen Briefe abholen können.

Geschrieben hat einer von einer herben Enttäuschung; ja, diese Enttäuschungen, seufzt Lucie; ach, immer die mit ihren Enttäuschungen, damit tut Annelies die Sache ab, seit wann liest man denn von Enttäuschungen in der Zeitung. Das richtige Gefühl am richtigen Platz, auch das will gelernt sein, einfach alles will gelernt sein, das beweist dieser Herr hier ganz aus der Nähe und auf Rosa mit Maschine: vom begeisterten Segelflugmodellbauer zum Flugzeugkonstrukteur hochgearbeitet und obendrein Sinn für Zärtlichkeit.

Sinn für Zärtlichkeit, wiederholt Annelies, vielleicht hat er Sehnsucht tippen wollen, aber Sinn ist kürzer.

Und dann schreiben drei, die Wert legen auf modische Kleidung, und ein vierter, dessen Hobby ist modische Kleidung, der gab ein Foto bei, Porträt mit heller Mütze, schräg ins Gesicht gezogen.

Vielleicht hat er doch ein Gesicht, überlegt Annelies.

Steh auf! schreit Lucie in den Lärm, dreh dich um!

Deiner ist auch nicht gerade klein, stellt Lucie fest.

Das machen die Hosen! erwidert Annelies empört.

Hier siehste aus wie sonstwas, sagt Felizitas.

Bloß nicht wie eine Frau! Annelies drängt sich wieder zwischen die beiden.

Hier ist sich niemand ähnlich, von außen gesehn, sie

fährt sich mit der Dreckhand quer übers Gesicht, vielleicht solls so sein?

Aber zur Feier des Tages muß sie nun vorlesen, was in der Bezirkszeitung stand, da dreht sie das blaue und das braune Auge nach oben und kann alles aus dem Kopf: Sehne mich nach Liebe und Zärtlichkeit. Suche den Partner für gemeinsames Leben auf einer Insel des Glücks. Sehe fotogen aus. Hobbys: Pferdesport, gepflegtes Heim, Tanz, Reisen. Interesse für alles Schöne. Habe zwei hübsche Kinder. Bildzuschrift nur ernst gemeint.

Da stehen zweien die Münder offen.

Auf einer Insel des Glücks. Sie hocken ganz benommen und eng beieinander auf ihrem Eisenbänkchen. Unter der Decke glitzert die vergitterte Birne wie eine einsame Straßenlaterne oder wie der ferne Mond.

Und? drängt Lucie endlich.

Insel des Glücks haben sie nicht gedruckt, sagt Annelies, das ist Verführung.

Dazu scheint der vergitterte Mond gleichmütig herunter auf die Erde mit ihren vielen Inseln.

Und nun zu den Festvorbereitungen. Eine Stunde später sitzen sich Lucie Marten und Kurt Kreisig im Anbau gegenüber. Kreisig hat Kaffee zubereiten lassen und aus dem Sekretariat der Frau Anja über den Korridor getragen. Lucie erklärt Kreisig, daß sie keinen Kaffee mehr verträgt. Einmal muß sie es ja sagen. Sie schiebt ihm auch die zweite Tasse zu.

Zuerst informiert sie sich bei Kreisig, als was sie hier ist, in welcher ihrer sieben Existenzen.

Als Gast, meine liebe Lucie, antwortet Kreisig, rein als Gast. Daraufhin streckt Lucie unter dem Tisch endlich mal die Beine aus, was unbemerkt bleibt. Kreisig lächelt in sich hinein, aber zu sehen ist es durchaus. Er hat Grund zur Freude.

Eigentlich ist es ja noch inoffiziell, beginnt er zögernd.

Ist doch klar, sagt Lucie sachlich.

Es weiß auch nur die Leitung, versichert Kreisig.

Lucie nickt.

Eigentlich solltest du es ja erst heute abend erfahren.

Richtig, nickt Lucie.

Aber wo du doch selbst zur Leitung gehörst, Lucie! stellt Kreisig mit einer Überraschung fest, die ihn selbst überrascht.

So ist es, Kreisig, ergänzt Lucie, und wir haben einen Helden bekommen.

Ja! ruft Kreisig erleichtert und verwundert zugleich.

Einen weiblichen Helden, erläutert ihm Lucie, und Arbeiter soll er sein.

Arbeiterin! korrigiert Kreisig behutsam.

Tja, sagt Lucie nachdenklich, zieht sich Kreisigs zweite Tasse heran, zerstößt ruhig ein Stück Zucker darin und dann ein zweites, rührt um, dann schiebt sie die Tasse Kreisig wieder zu. Das müssen die Kollegen entscheiden!

Tja, erwidert Kreisig nun ebenfalls gedehnt, zögert, nimmt Anlauf: Lucie?! Du solltest endlich hauptamtlich werden, Lucie! Nun ist es ausgesprochen.

Und Lucie macht augenblicklich Anstalten aufzustehn. Bin wohl schon zu lange dein Gast gewesen, Kurt!

Solange du auch noch auf dem Kohleboden stehst, Lucie, sagt Kreisig hastig, flehend, Lucie, da haben wir keine Bessere als dich!

Deshalb wollt ihr mich da weghaben? fragt Lucie gelassen, aber nicht ohne Schärfe.

Ja, Lucie, gesteht Kreisig kleinlaut, aber der Mut wird ihm plötzlich groß, ja, Lucie, dann könnten auch andere mal Held sein, Lucie. Du würdest nicht mehr unter Arbeiter fallen!

Lucie läßt sich zurück auf Kreisigs Gaststuhl fallen, daß der Tisch wackelt. Ich kann nicht anders, Kurt. Macht, was ihr wollt. Mich kriegt ihr von meiner Arbeit nicht weg. Da macht, was ihr wollt.

Wir haben keine Wahl, sagt Kreisig geschlagen, du läßt uns keine. Du bist der Held, wie er im Buche steht, Lucie.

Das tut mir leid, Kurt, sagt Lucie bekümmert, und dann erhebt sie sich endgültig.

Zurück bleibt Kreisig, rundum unberaten in diesem Augenblick.

BERNSTEIN INDESSEN SUCHT NACH EINEM VERHÄLTNIS ZU SEINEM UNVERRÜCKBAREN SCHREIBTISCH. Er ist spät dran. Nicht zuletzt wegen des Praktikanten, der ein weniges nach seinem Elfuhrtermin das Zimmer betritt. Und ein Neuer ist immer ein Anfang.

Zwischen den Praktikantenhänden klemmt der

gelbe Helm, peinlich unbeschädigt. Dieser Junge hat seine Zukunft fertig im Kopf, und er weiß ihn so zu tragen, daß das nicht übersehn wird. Bernstein kann ihm diese Zukunft nicht bieten. Er bietet Ermutigung: bei ihm sind schon einige groß geworden. Das Leben ist absehbar. So wie die Generation dieses Jungen begonnen hat, wie soll man das nennen? Übersichtlich, sagt Bernstein, so wird es bleiben, die Variationen werden unwesentlich sein. Und aufwärts geht es allemal im großen und ganzen.

Wenn du mich nach dem Lebenslauf fragen willst, fällt ihm Sohr ins Wort: das Übliche.

Das Übliche ist nicht das Schlechteste, antwortet Bernstein.

Nicht das Schlechteste, sagt der Junge geringschätzig, nicht das Schlechteste ist das Letzte.

Ob er schon gefrühstückt habe, erkundigt sich Bernstein freundschaftlich. Das sei wichtig, daß der Mensch kräftig frühstückt. Am besten Brote von zu Haus, Leberwurst zum Beispiel, wie diese.

Da kauen sie erst mal beide konzentriert.

Das Zeug rutscht runter, sagt Bernstein schlukkend, und die Kopflastigkeit verschwindet.

Keine Kantine hier? erkundigt sich Sohr.

Schon. Bis vor drei Jahren kochte hier eine mit Liebe, eine Marianne von dem Jahrgang, der selbst aus Graupen noch was macht, das schmeckt. Die neue Mamsell ist selten inspiriert.

Wovon auch! bemerkt Sohr trocken.

Bernstein steht auf.

Bernstein steht von seinem Schreibtisch auf und

tritt ans Fenster zu den Blumentöpfen. Den Schreibtisch wäre er also los. Der Schreibtisch ist schwer und unbeweglich, wo der steht, da steht er. Bernstein dagegen besitzt noch seine volle Beweglichkeit. Es kommt wohl nur darauf an, die Probe zu wagen. Und vor wem, wenn nicht vor einem Jungen wie diesem, der seinen Anfang hat und sein Recht auf Ermutigung.

Wer gezwungen wird, wird nie ein guter Leiter, beginnt Bernstein behutsam. Auch einen Leiter auf der unteren Ebene sollte man nicht zwingen müssen ...

Die Zeiten sind ja vorbei, erwidert Sohr seelenruhig.

Ja, sagt Bernstein mit dem Gesicht zum Fenster, die Zeiten sind vorbei.

Das Leben muß Freude machen, sagt Sohr.

Merkwürdig, denkt Bernstein, daß sie die eigenen Wünsche nie bei uns vermuten. Die Einsichten gehören dazu, antwortet Bernstein, zu den Freuden. Von seinem Fenster aus schaut er in das Wäldchen hinein, wo immer jemand unterwegs ist, dessen Wege er kennt. Bernstein kennt alle hier, Alte und Junge, gleich gut. Das verdankt er den Jahren, die er geblieben ist. Man muß nur bleiben wollen.

Vier Jahre Studium, sagt der Junge, jetzt arbeitet er über Optimierung, er nennt das Thema präzise.

Damit Bernstein weiß, wo sein Platz ist: nicht auf der unteren Ebene.

Er bringt den Älteren in Verlegenheit.

Wir werden heute siebzig, gesteht Bernstein, als würde ers.

Ich fünfundzwanzig, stellt der Junge ungerührt fest.

Darauf weiß Bernstein keine Antwort.

Flexibilität, sagt Sohr, das gehört auch dazu.

Wozu? fragt Bernstein.

Zur Optimierung.

Und was bedeutet das?

Ich mach, was nötig ist, erklärt der Praktikant, aber denkt bloß nicht, ich hätte nicht meinen Plan!

Es ist die Einsicht, die uns eint, denkt Bernstein durchaus froh in diesem Moment des Feiertags, die Einsicht, die alles möglich macht, sie ist im rechten Augenblick da, und er braucht nicht mehr die erstarrte Autorität eines alten Schreibtisches, die Einsicht, ein sozialer Instinkt, nur ein wenig gefeilscht muß um sie werden, das gehört wohl bei den Jungen zur Selbstachtung, denkt Bernstein, man gibt sich nicht so schnell auf als einzelner heutzutage, die Zeiten haben sich eben geändert.

Warum nicht gleich so, sagt Bernstein mit Wärme im Ton und dreht sich Sohr zu.

Weil man sich daran gewöhnen könnte, sagt der Praktikant, und seine durch 4,5 Dioptrien geweiteten Pupillen nehmen den Älteren ins Visier. Weil er, Sohr, sich auch an die klügste Einsicht nicht zu rasch gewöhnen will.

Du wärst nicht der erste, sagt Bernstein müde.

ANNA IST EINE CHANCE. Anna ruft Bernstein kurz vor Mittag an. Anna sagt ihrem Mann, daß sie schon beim Frisör war.

Bernstein erkundigt sich bei seiner Frau, ob alle acht Trockner in Betrieb sind. Anna kann die acht Essen von ihrem Schlafzimmer aus sehen. Sie bestätigt es. Bernstein fände es gut, wenn Anna ihm diese Mitteilung nicht nur einmal im Monat an ihrem Haushaltstag machen könnte. So umständlich macht Bernstein Liebeserklärungen.

Anna erinnert ihren Mann, daß sie heute abend in Gelb erscheint, wie ausgemacht.

Schön, sagt Bernstein am anderen Ende.

Und die weißen Riemchenschuhe dazu, sagt Anna.

Aha, sagt Bernstein.

Und du? erkundigt sich Anna.

Na, sagt Bernstein, und dabei streckt er die Beine endlich mal zwanglos unter seinem Schreibtisch aus, du wirst es am besten wissen!

Nichts weiß ich, erwidert Anna Bernstein, und das klingt plötzlich so gespannt, daß Bernstein in seinem Büro genau weiß, wie Anna jetzt in ihrem Schlafzimmer in Ermangelung eines Gegenübers gebannt in den Frisierspiegel blickt. Er kennt diesen Blick. Er hört ihn durch die Leitung. Mit diesen Blicken pflegt Anna Anlauf zu nehmen, und dann schafft sie überraschende Höhen, von denen er, Bernstein, nur seine lächerlich maßvollen Vorstellungen hat.

Ich habe einen Mann, sagt Anna von weit her, einen Mann mit zwei Gesichtern. Ich kenne sein erschöpftes Gesicht, ich kenne sein erlöstes Gesicht, ich kenne auch, sagt Anna, sein angewidertes Gesicht. Ich kenne alle seine Außerdienstgesichter. Ich möchte endlich einmal sein falsches Gesicht sehen!

Aber Anna ...!

Wem zeigst du es?

Du weißt am besten, Anna ...

Wem zeigst du es!

Du kennst doch alle hier, sagt Bernstein seiner Frau Anna, du kennst Anja.

Anja weiß nichts. Ich habe sie gefragt. Anja hat nichts gesehen, nichts Auffälliges, sagt sie. Wem zeigst du das Gesicht, das einer wie du noch haben muß! fordert Anna von ferne verzweifelt, aber schneidend klar.

Ich weiß es nicht, sagt Bernstein leise, es fällt mir nicht mehr auf ...

So böse steht es nicht um dich, Bernstein? kommt es traurig, bittend durch die Leitung.

Anna ...? ruft Bernstein leise.

Ja?

Bleib doch dran, Anna!

Ja?

Etwas ist in ihm wach geworden. Es ist ganz einfach. Bernstein kommt bei plötzlicher großer Klarheit ein Einfall, da er in seinem fünfundfünfzigsten Lebensjahr steht und die Fabrik auf den Tag ihr siebzigstes vollendet. Das ist spät. Sicherheit muß wachsen im Laufe eines Lebens. Und wie die Winde nebenher wächst die Gewohnheit. Und beider dauernde Umschlingung, ist das der Charakter? Kann sich der Charakter eines Menschen im Lauf seines Lebens wesentlich ändern?

Hörst du, Anna? ruft Bernstein ins Telefon.

Es ist ganz einfach!

Bernstein hat die Sprechmuschel mit der Linken gepackt, so hält er den Hörer beidhändig wie sonst beim öffentlichen Reden das Lineal, das er immer bei sich trägt, um damit zu weisen, großräumig zu unterstreichen, ein paar Takte zu sagen und hörbar zu betonen, kurz: um sichtbar die große Linie anzugeben mit Hilfe seines Zwanzigzentimeterlineals, an das ist er gewöhnt, und deshalb greift er jetzt fest zu, um es wegzulegen, und dabei spricht er zu Anna von dem Jungen, der vor einer Stunde hier vor ihm gesessen hat und ihre Brote gegessen, diesem Jungen, der seine Ansprüche verteidigt wie der Hund den Knochen, dem ist er, Bernstein, etwas schuldig geblieben: seine Geschichte. Und was er ihm vorhin nicht erzählt hat, das wird er ihm heute abend erzählen statt der bereitliegenden Rede und ohne Lineal, das verschwindet jetzt für immer, Anna!

Anna, hörst du? Anna! Und erst nach ein paar Sekunden kann Bernstein, im Taumel der Inspiration befangen, den Hörer unter seinen Aktenblättern ausmachen, von wo es monoton tutet.

DABEI IST ANJA NICHT WEIT, ANJA IST EINE VERSICHERUNG. Denn nicht lange Zeit bleibt Bernstein, seinen außerplanmäßigen Plan reifen zu lassen, schon nähern sich eilige Schritte seinem Büro, dringen rasch bis an den schwarzen Schreibtisch vor; da steht Hermann.

Es geht kurz und knapp: Wo Kohle ist, kann leicht was Feuer fangen. Dafür zeichnet Hermann verantwortlich, seiner Funktion verdankt er den Namen Feuerhermann. Hermann ist nicht groß und von Natur aus von gebremstem Bewegungsdrang. Solche Menschen müssen rechtzeitig ihre Art der Verteidigung entwickeln. Hermann ist zum Abstimmen gekommen. Er rekapituliert: Im Kulturraum, Speise- bzw. Versammlungsraum vier Naßlöscher und ein Tetralöscher installiert. Zwei Bedienungsplakate. Belehrungen turnusmäßig durchgeführt. Spielereien mit Feuerwerkskörpern, Jubiläumsraketen nicht gestattet. Klar, wer gemeint ist, immer dieselben. Beobachten! Muß alles angemeldet sein. Von dir, Bernstein, schließt Hermann, habe ich den Durchlaufplan des Abends. Darauf verlasse ich mich. Außerplanmäßiges ist nicht vorgesehen. Muß angemeldet sein!

Damit verabschiedet sich Feuerhermann, er wird sich durchschlagen.

Bernsteins Hände tasten ziellos über den Schreibtisch, finden etwas, schieben das Ding in Gesichtsnähe. Es ist seine Brille.

Nun kann Bernstein verfolgen, wie seine Rechte nach dem hektographierten Plan des Abends greift, und plötzlich tut sie etwas Unerwartetes. Sie krümmt sich scharf, da hat sie ihn zerknüllt.

Anja, ruft Bernstein mit kläglicher Stimme.

Sie weiß schon, was er braucht, sie weiß eine Menge von Bernstein. Das ist so, wenn zwei sieben Jahre zusammenarbeiten. In dir kenne ich mich besser aus als in meinem eigenen Mann, sagt Anja, ist das nicht verboten?

Das ist so, sagt Bernstein, der Mensch muß sich

wohl spalten, aber nur solange es weh tut, ist es erlaubt. Und was er damit meinen mag, das weiß in ganz Rosdorf vielleicht nur die blonde Frau Anja, die steht jetzt neben ihm, der den Kopf in die Hände gegraben hat, und berührt leise durchsichtiges Hellgrau, während Bernstein etwas Unverständliches murmelt, wovon nur die Glasplatte auf seinem schweren eichenen Schreibtisch beschlägt.

EIN GRUND ZUM HEIRATEN FINDET SICH IMMER. Wenn zwei nur wollen. Es kommt auch vor, daß ein Grund bereits vorhanden ist. Ein Kind zum Beispiel. Es gibt da immer noch ungeschriebene Gesetze, gewissermaßen die über Generationen allmählich verinnerlichte öffentliche Meinung. Sie sitzt auf dem Lande tiefer drinnen als in der Stadt.

Das Merkwürdige ist, daß es über diesem anerkannten, ja willkommenen Zwang der Grundtatsachen (worin bestünde denn sonst die Ordnung?) eine Sphäre gibt, in der für die zwei Beteiligten alle Fragwürdigkeiten eines zarten Anfangs neu gedeihen.

Felizitas wartet. Gegebenenfalls wird sie reagieren. Aktionen sind nicht ihre Sache. Außerdem feiert sie heute ihren achtzehnten Geburtstag, da füllen Erwartungen und Vorfreude sie ganz aus. Aber auch das ist nur zu erkennen für Menschen, die ihr sehr nahestehn.

Auch Reinhart versucht mit Behutsamkeit, jenen Zustand des wortlosen, beglückenden Einverständnisses wiederherzustellen, der zwischen ihnen schon einmal geherrscht hatte, bevor er das eine Jahr in der Metalldrückerei Lampen verpackte. Über das Wie ist er sich noch unsicher, zunächst einmal wurde er nach jener einjährigen Unterbrechung seiner Ausbildung einer der erfolgreichsten Schüler der Betriebsakademie. Eins hat Reinhart sich fest vorgenommen: Nun will er den Leuten zeigen, wer er ist. Solch ein anspruchsvolles Ziel kann einen ganz in Anspruch nehmen.

Nachdem Reinhart heute mittag aus der Schule direkt in die Schicht gegangen war und seine Pressen übernommen hatte, war Lucie aufgetaucht. Lucie hatte ihn beiseite genommen und ihm zu verstehen gegeben, daß es günstig wäre für alle Beteiligten, wenn er, Reinhart Baldauf, Beststudent der Betriebsakademie, zum Gelingen des Betriebsvergnügens seinen ganz persönlichen aktiven Beitrag leiste. Lucie Marten kennt auch Reinhart Baldauf gut genug, so daß sie sich erlauben kann, ihrerseits leise Anstöße zur Wiederannäherung des jungen Paares zu geben. Dazu bietet sich solch ein Festtag geradezu an. So bedurfte es auch nur eines geringen Anstoßes, eines Stichwortes nur, und Reinhart hatte den großen Zusammenhang erfaßt, in dem Lucie ihn, den Beststudenten, und Felizitas, die Teilfacharbeiterin, zu sehen den nötigen Überblick hat. Daraufhin hatte Reinhart auch schon eine Idee, und Lucie nannte sie im wahrsten Sinne schöpferisch.

In diesem Moment freute sich Lucie Marten sehr. Denn nicht jeden Tag zwitschern die Jungen, so wie die Alten sungen. Wohl aber am Feiertag! Gleich fiel

Lucie ihr Fahnenlied wieder ein. Nun kannte sie auch als einzige den Grund, warum Reinhart sich in dieser Schicht, die dem Ende zugeht, nicht ein einziges Mal bei Felizitas auf dem Kohleboden sehen lassen wird.

Verraten wird Lucie natürlich nichts. Das wird eine Überraschung. Eine Geburtstagsüberraschung. Eine ganz und gar überraschende Gratulation.

Jedenfalls ist abzusehen, daß sich das Paar in altem Vertrauen aufeinander zu bewegt.

Heiraten sollten die beiden.

KURZ VOR SCHICHTSCHLUSS entschließt sich der Sicherheitsbeauftragte Hermann doch noch, den Neuen an jene Stelle zu führen, die in seinem Register als Gefahrenschwerpunkt registriert ist.

Das Gelände ist nicht groß, aber auskennen mußt du dich erst mal! ruft Hermann in Richtung Sohr, der hinter ihm hergeht und nicht das erstemal seit seiner Ankunft das Freigelände der Fabrik durchschreitet. Es gibt Größeres als das hier, sagt Hermann, aber Ordnung fängt im kleinen an!

Er schwenkt die Tür zum Pressenhaus auf, es brüllt ihnen heiß entgegen. Im Vorbeigehn beugt sich Hermann über die pulsierenden Preßstempel. So alt wie die Pressen, sagt Hermann, so alt ist die Fabrik. Auf jeder der acht Pressen steht am höchsten Punkt ein zierlicher Mast aus Messing mit dem Namensschild des Pressenwartes. Hermann weiß, daß bei Sendmayer jeden Feierabend die Kachelwände des Pressenhauses weiß gescheuert werden mußten. Natürlich nicht von denen, die das Schild mit ihrem Namen führten, setzt er hinzu. Er hat sich das mal von Alten erzählen lassen. Aber die neuen Pressen, die sie im Kombinat auch schon haben, die elektrischen, die brennen viel schneller!

Sie steigen auf der Gittertreppe kreuz und quer durch die Etagen. In das Röhren der Kohletrockner hinein schreit Hermann, er hat in allen Ecken seine Handlöscher installiert.

Hier wird stündlich gekehrt, brüllt er, das sind die Hammermühlen! Eine Birne erhellt den Platz mit dem leicht brennbaren Kohlenstaub. In einer Nische entdeckt Sohr den Besen. Darüber hat jemand eine unzweideutige Zeichnung in die dunkelbraune Wand geritzt. Die Zeichnung ist so groß wie die Wand. Es ist das Wandbild eines Rücksichtslosen. Dessen Hand auch den Besen führt im hochexplosiven Staub. Wer nimmt auf mich Rücksicht.

Ob schon mal was war, fragt Sohr.

Wie? schreit Hermann in das Dröhnen der Mühlen. Aber dann weiß er schon, was der Neue fragt, was sie alle fragen. Bei uns noch nicht, brüllt er zurück, aber vor sechs Jahren in der Gegend.

Sohr hält sein Ohr nah an Hermanns Mund.

Die ganze Bude brannte ab und sieben Mann. Selbstentzündung.

Dann gehen sie beide weiter.

Da siehste die Schweine! knurrt Hermann unter der Besenwand.

Noch eine Treppe, und sie stehen auf dem Kohleboden.

Man kann viel tun, sagt Hermann und tippt dem Praktikanten gegen die Brust, aber unsichere Stellen gibt es immer. Berufsrisiko. Ganz übersiehst du nie alles. Aber sechsundfünfzig Löscher auf achtzehn Leute in der Schicht ...! Damit schlägt Hermann die letzte Tür auf.

Im Staub über den Bunkern steht Felizitas und fährt den Bandwagen vorwärts. Beim Krachen der Tür schaut sie kurz hoch.

Laß den Helm oben! befiehlt Hermann dem Praktikanten, dann schlägt er den Weg zur anderen Seite ein, wo Lucie über den Bunkern steht.

Sohr aber behält kurz entschlossen seine Richtung. Er nähert sich diesem Mädchen, steht schon fast neben ihr, aber sie rührt sich nicht. Die Ellenbogen auf dem Geländer, den Kopf hat sie unten, er sieht nur den kleinen Tuchknoten in ihrem Nacken.

Ich bin Sohr, sagt er und starrt auf seine steifen Arme in der neuen Jacke. Dann legt er wie sie die Arme aufs Geländer, er läßt auch den Kopf so hinunterhängen wie sie. Er sieht wie sie die Kohle im Bunker steigen.

Für immer hier? fragt sie kurz, ohne Blick.

Sohr starrt auf den dunklen Bart auf ihrer Oberlippe. Er hat schon genickt, und gleich darauf lähmt der Schreck ihm die Glieder.

Von drüben pfeift es, wie jemand einem Hund pfeift. Betroffen fühlt Sohr, wie sich seine großen Schuhe in Bewegung setzen.

Das ist kein alltäglicher Feierabend. Felizitas steht vor ihrem Spind, es ist der schwarze Spind. Neben ihr streift Annelies mit fliegenden Händen die Unterwäsche ab und rennt laut schlappend in die Kaue.

Lucie hockt auf der langen Bank vor den Spinden, sie hat den linken Fuß aufs rechte Knie gehoben und zurrt an ihrem Socken. Das dauert lange.

Nebenan klatscht der erste Wasserstrahl auf die Fliesen.

Felizitas zieht sich ruhig aus, hängt alles auf einen Haken übereinander, greift nach dem Plastebeutel mit Handtuch und Seife, dann schließt sie das Vorhängeschloß. Dabei hat sie das Gefühl, als schließe sie es für lange, unbestimmt lange Zeit. Etwas Endgültiges liegt darin. Auf jeden Fall etwas Feiertägliches. Nach Stunden erinnert sie sich jetzt wieder daran: dieses ist ihr Geburtstag.

Nebenan singt jemand hoch und schrill unter der Brause. Felizitas folgt der Stimme, setzt sich unter einen warmen Strahl und schließt die Augen. Die Haare kleben über dem Gesicht; das Wasser trommelt ihr den Bauch rot. Sie bleibt so lange unter dem Wasser sitzen, bis ihre Haut rosig glüht, und sie dampft wie ein Kochwäschestück. Sie möchte sich anfassen und auswringen. So kräftig fühlt sie sich jetzt. Wie schon lange nicht. Aus ihrem Mund entweicht ein Laut, etwas wie ein nichtausgehaltener Schrei, dem sie überrascht nachlauscht, und dabei nimmt sie durch den Wasserdampf einen großen weißen Körper wahr, der zuckt zusammen. Dann wendet er sich behäbig unter der Brause, die Beine scheren eins nach dem anderen nach vorn aus, die Arme, dann biegt sich mißtrauisch, vorsichtig, gegen eine Steifheit ankämpfend, der Rücken unter den Strahl. Wenn Felizitas die Augen schließt, hört sie nur das Seufzen von Lucie inmitten des klatschenden Wassers.

Dann zieht sich Felizitas schnell an. Plötzlich hat sie es eilig. Den Weg über die Felder rennt sie wie früher; sie hört auf ihre raschen, heftigen Atemstöße.

DIE REISE

Ist es sechs Jahre oder schon länger her, daß Lucie die Reise bekommen hatte? Jedenfalls ging sie auf die Fünfzig zu.

Den Fotografien nach zu urteilen, war sie damals ausgeruht. Dabei, wenn sie so zurückdenkt, fühlte sie sich früher abgehetzter als jetzt, da sie älter ist und eine Krankheit hat.

Mit dem Alter wächst die Routine, sagt sich Lucie, das hat die Natur klug eingerichtet, der Mensch ist immer so beschaffen, daß er seine Aufgaben erfüllen kann, in der Jugend die Kraft, im Alter die Erfahrung. Deshalb darf sie sich diese auffällige, nun geschwundene Straffheit um den Mund herum – sie lehnt auf dem Foto über der Reling, ein Streifen Land ist am Horizont zu sehen – wohl in Erfahrung aufrechnen. Etwas ist von ihrem schwarzen Haar noch geblieben: nur ganz feurige Schwarze werden so konsequent grau wie Lucie, in schönen, unverschämten, kräftigen Strähnen. Damals vor der Reise hatte sie sich noch mal einen neuen Koffer gekauft, einen großen, echtledernen, teuren. Dieser Einkauf war im Dorf nicht zu verbergen gewesen, zu ihm bekannte sie sich spöttisch. Die ganze Wahrheit war jedoch, daß sie eine Menge Kleinigkeiten, eine Maniküre, eine Brieftasche, Toilettenbeutel, Seifendose und Waschlappen neu gekauft hatte, schließlich, je länger sie sich den Hergang der Reise ausmalte, auch Badeanzug, Sonnenanzug und etwas, was sie in ihrer Jugend als Abendkleid bezeichnet hätte, allein für diesen Namen fehlte ihr der Mut. Im Schulatlas des Sohnes zeichnete sie sich die Route ein. Dann schrieb sie in ein Heft, das ihr als Tagebuch dienen sollte, untereinander: Jalta, Sotschi, Bosporus und Dardanellen, griechische Inselwelt, Straße von Messina, Straße von Gibraltar, Biskaya, englischer Kanal, Nordsee, Kattegat und Großer Belt.

Auf dem Schiff später schlägt sie sich natürlich an die Stirn, gleich am ersten Tag erhalten alle über den Verlauf der Reise ein gedrucktes Material; das hätte sie sich eigentlich denken können. Mit der Melodie »Ostseewellen« bitten wir zu Tisch, steht darauf. Es gibt frische Brötchen, auch Radeberger Bier. Ferngläser für fünfzig Pfennige täglich.

Am Begrüßungsabend stellt sich der Kapitän in Galauniform vor. Das sagt sich so leicht hin. Dabei ist das ein Feuerwerksstrauß in Lucies Erinnerung. Ein Blitzen seiner Augen, da trippeln die Stewardessen in lila Samt heran ... Hebt man das Glas mit dem Martini gegen das dämmrige Licht der Bar, schwimmt da ein schwedisches Wappen in der kaltgoldenen Flüssigkeit. Das Schiff soll früher dorthin gehört haben. Und jetzt gehört das ganze Schiff ihnen, Bergarbeitern.

Dieser Gedanke allein hat die Kraft, Lucie in ihre Anfangsjahre zu versetzen. Und hier unter dieser erschreckend starken, schönen, fremden Sonne, auf drei schwankenden Meeren, eine nie gefühlte Tiefe unter den Fußsohlen, da muß sich der Mensch wohl verändern und es mit sich geschehen lassen ohne Widerstand.

In Sotschi gehen sie das erstemal an Land, die Kaukasische Riviera, schreibt Lucie in ihr Tagebuch, sie hatte es in einem der Prospekte gelesen. Besonderen Spaß macht ihr ein Liliputanerzirkus, den sie am Nachmittag besuchen.

Nach dem gedruckten Material werden sie am nächsten Tag Istanbul passieren. In das Tagebuch schreibt Lucie: Nach dem Frühstück ist Istanbul in Sicht. Eine langgezogene Stadt, kein freies Fleckchen, Haus an Haus. Viele herrlich anzuschauende Moscheen grüßen uns, ein Zeichen alter Kultur.

Für den Abend ist ein Film ausgedruckt: »Der gestiefelte Kater reist um die Welt«. Aber Lucie geht lieber in die Bar. Sie hat Geschmack am Martini gefunden. Auch trifft sie dort viele Leute, Kollegen ja alle, mit denen sie sich aufs Wort versteht. Sie reden oft von den Anfangsjahren im Bergbau. Ehe sie spät in der Nacht ihre Kajüte aufsucht, steigt Lucie immer noch einmal auf Deck hinaus. Sie denkt daran, daß sie am nächsten Tag den Ätna sehen werden, und zählt sich leise noch einmal auf, was sie bereits erlebt haben. Immer am Ende redet sie ganz laut mit sich, weil sie das Meer übertönen muß, wenn sie ihre eigene Stimme hören will. Am liebsten würde sie schreien.

Am anderen Tag schreibt sie in das Tagebuch: Die Straße von Messina hat ihre besonderen Reize, das Meer leuchtet in zwei Blautönen. Der Grund dafür ist, daß das Meer hier verschieden tief ist. Die Straße von Messina ist bis zu vierzehn km breit, die engste Stelle ist drei km breit. An der engsten Stelle überquert eine Hochspannungsleitung die Straße von Messina in siebzig m Höhe. Die Hochspannungsmasten auf jeder Seite betragen zweihundertvierundzwanzig m bzw. zweihundertzehn m.

Das gedruckte Material bietet für den Abend: »Zu zweit kein Problem, Spiel, Spaß und Tanz für Ehepaare. Im Chefstewardbüro können Sie Seemannsmützen für den heutigen Abend kaufen«. Aber Lucie geht lieber in die Bar und trinkt Martini. Sie bemerkt selbst, wie sie allmählich ihre stabile Beziehung zum Geld verliert. Das ist eine sonderbare Leidenschaft aus Hilflosigkeit. Weil sie die richtige Leidenschaft nicht finden kann. Die würgt sie im Herzen und im Leib wie eine ungestillte Liebe, wenn sie nachts unter dem leuchtenden Himmel steht. Sie kann das Glück nicht finden. Und doch hat es sie nie so bedrängt.

Ein paar Tage später ereignet sich eine Havarie. Ein griechischer Frachter ist in Seenot geraten. Lucie steht mit den anderen den ganzen Tag an der Reling, sie verzichtet auf das Mittagessen. In ihr Tagebuch schreibt sie: Die Besatzung will auf dem Schiff bleiben, um die Ladung zu retten. Unser Schiff bleibt so lange bei dem griechischen Schiff, bis Hilfe eintrifft.

Das Würgen in ihrem Herzen ist für ein paar Stunden gestillt.

Zwei Seiten weiter steht in ihrem Tagebuch: Heute ist der Tag, wo zu Hause der freiwillige Arbeitseinsatz gestartet wird, zu dem die Elektroköhler der Hauptstadt aufgerufen haben. Das Meer ist fast ruhig. Wir halten uns den ganzen Tag an Deck auf. Neunzehn Uhr: Die spanische Küste ist erreicht.

In der Nacht steht Lucie wieder oben an Deck. Sie ist ganz schön betrunken.

Für den nächsten Tag ist im Material unter dem Absatz Gibraltar ausgedruckt: Sondersprechstunde des Hauptreiseleiters für alle Passagiere, deren Heimreise ab Warnemünde ungeklärt ist. Auch gibt es ein Sonderfilmprogramm »Arbeiten unter hohen Spannungen« (dreihundertzwanzig KV). Ins Tagebuch schreibt Lucie: Backbordseite Delphine. Eine Seite weiter: Nordsee Windstärke zwei, Seegang eins, Temp. vierzehn, Wasser sechzehn. Am Abend gibt es zum viertenmal »Wir spielen Bingo«, ein interessantes Unterhaltungsspiel mit Gewinnchancen.

Aber wozu nun noch, sagt sich Lucie und nimmt wieder das Abendkleid aus dem Kajütenschrank, es ist ein Stück von ihr geworden. Die Bar ist dämmrig, ein Vibrieren ist in allem trotz der Musik, sie hört es, spürt es, das ist der unüberhörbare Takt eines anderen Lebens, er ist da, in allem, in dem zitternden Wein in ihrem Glas, in der getäfelten Wand, die sie haltsuchend berührt, und er ist in ihr, unüberhörbar, nur sehr tief innen: eine Stelle tiefer, unberührter Empfindlichkeit. Da tut Lucie, was sie nie mehr getan hat seit, ach ... Lucie tanzt. Sie tanzt diese ganze Nacht, bis die Musik verstummt. Dann räumen zwei Stewardessen in lila Samt lautlos die Gläser von den leeren Tischen. Nur die Maschinen stampfen noch immer gedämpft, angestrengt. Ist es noch Nacht? Wird es schon Tag? Da fehlt Lucie auf einmal die Kraft hinaufzusteigen, um nachzusehen. Diesesmal fehlt ihr die Kraft, auf das Glück zu verzichten.

DER FEIERABEND

Ein Tag, ein durchsichtiger Tag Mitte September.

Ein Tag geht zur Neige.

In der südlichen Tieflandbucht leuchten die Stoppeläcker wie Gold, aus Stroh gesponnen. Besonnt ist das Land bis an den Horizont. Das macht die Abendsonne. Die Abendsonne vergoldet die Fabrik; die Fabrik hat weiße Wimpel aufgesetzt wie zur Feier des Tages. Nur Augen muß man dafür haben!

Die Abendsonne vergoldet Felizitas' Haar, es leuchtet wie eine altgoldene Münze. Dagegen ist das Haar der Frau Anja nur Goldverschnitt. Frau Anja verursacht ein anmutiges Getrappel auf dem Dorfstraßenpflaster. Das sind die vier hochstöckigen Schuhe mit Fesselriemchen von Anja und Anna. Anja und Anna führen einen Mann in ihrer Mitte. Ist das der Direktor? Dahinter Reinhart, er trägt zu seinen schwarzen Augen ein schwarzes Bärtchen, das ganz frisch gewachsen ist.

Dann reißt der Zug ab, setzt sich vereinzelt nach hinten fort, gemächlich durchs Dorf zuckelnd, Rosdorf unter dem Schornstein mit seinen Gärten, den üppig blühenden, die leuchten in der Abendsonne.

Da biegt auch die letzte um die Ecke, Lucie, die wilde, schwarzhaarige Lucie, so geht der Abend ruhig und leuchtend an.

Die Arbeit indessen geht weiter, stetig, verläßlich. Die Arbeit ist ein ruhiges, tiefes Atmen. Die Arbeit unterbricht nichts. Die Arbeit ist etwas, woran man sich halten kann.

Auch das Reden vermag die Arbeit nicht zu unterbrechen. Ganz oben steht Bernstein; so hoch kann ein Podium gar nicht sein, wie er sich fühlt, und Bernstein ist nicht schwindelfrei. Heute abend weniger denn je. Er legt die Finger fest um das vertraute Stehbündchen des Pultes und will nicht hinunterschauen. Er heftet seinen Blick fest an seine Blätter. Heute, liebe Kolleginnen und Kollegen, oder etwa in dieser Zeit, Mitte September, so genau können wir es da nicht nehmen, wenn auch eine Chronik über den Tag Auskunft gibt, aber unsere Tage sind schließlich andere, gerade heute aber paßt so ein Feiertag in den Rhythmus unserer Schichttage, da wollen wir mal annehmen, gerade heute würden wir siebzig; wenn das kein Alter ist, denkt Bernstein. Das heißt, wer siebzig wird, ist die Fabrik, das Gehäuse, nicht wir; das gibt einen feinen Unterschied, denkt Bernstein, vielleicht stimmt diese Rede vorn und hinten nicht.

Er braucht nur die Augen zu heben mit einem Ruck weg vom Blatt und hinein in den Blick von Anna: nein, diese Rede stimmt vorn und hinten nicht, Bernstein, du mußt die Siebzig teilen, etwa bei der Hälfte gab es den neuen Anfang, aber was war davor?, nur Ziegel, Mörtel und viel Eisen, das Gehäuse und drinnen der alte Geist, mit dem keiner sich verwandt fühlen will, trotz der vielen Verwandten, die hier einander abgelöst haben in siebzig Jahren; du mußt die Zeit teilen, Bernstein, aber wer bist du, daß du das kannst!

Ja, wer ist man denn, Gleisarbeiter und Betriebsleiter und Rosdorfer Eigenheimbesitzer und Vater und Ehemann, Freund, Kollege. Mehr als Kollege? Wissen es die im Saal, die einen jetzt anschauen, als ob sie nicht mehr zu überraschen seien? Schön geputzt und feiertäglich, mit genau abgesteckten Erwartungen in den Gesichtern? Aber zu überraschen sind nur die, die nicht mehr zu überraschen sind, denkt Bernstein und hat sie plötzlich alle im Blick, kennt jeden einzelnen, von Lucie angefangen, die im improvisierten Präsidium sitzt und ihm so den Rücken wendet, bis zur kleinen, rothaarigen Händschel ganz hinten an der Tür, die ihm ruhig entgegenschaut wie immer. Eben wie immer. Und zum Reden braucht es nur ein ruhiges Augenpaar.

Unsere Erde war ein totes Gestein. Gegenden gibt es, da sind die Einschüsse noch zu sehen. Gar nicht hoch. Genau in Mannshöhe. Jahre danach zogen die ab Jahrgang zwanzig noch den Kopf zwischen die Schultern, wenn sie dran vorüberkamen, ganz friedlich, den Essenstopf in der Tasche. So einer war man auch, Bernstein, Rolf, noch mal durchgekommen, blutjung, schwer vergessend. Und da stand die Fabrik, diese oder eine andere, eine von den vielen hier. Stand da unter ihrem gesunden Staub und ohne Makel, als sei nichts geschehen. Fest der Putz, die Fensterbögen schön gen Himmel gewölbt, Sendmayer & Co. und hohl das ganze Gehäuse. Die Leute, die da schwere Eisenteile von der Fabrik in die Waggons buckelten, das waren wir. Wir trugen unsere Schuld ab.

Und als das getan war, rückte Bernstein Gleise, was nichts anderes bedeutete, als daß es nun vorwärts ging: die Grube rückte weiter. Und damit alles andere auch, darauf konnte Verlaß sein. Jeder Mensch hat seine Schwächen und Stärken, sagt Bernstein, und wir begannen uns untereinander dafür zu interessieren.

Bernstein, hieß es, kann gut mit den Leuten reden, sagt Bernstein, und da merkt er schon, er ist mitten im Erzählen: Bernstein wird studieren, und dann wird es viel Arbeit geben für einen wie ihn. Jeder soll das tun, was er am besten kann, ja, sagt Bernstein und hat das hohe Pult ganz vergessen, darin waren wir der Zukunft sehr nah gerückt. Weißt du noch, Kreisig?

Kreisigs Kopf, ebenso wie der von Lucie längst aus dem Präsidiumssitz zu dem Erzähler auf dem Podium umgewandt, rötet sich, überrascht von der unvermittelten Anrede, ein hilfloses Lächeln rutscht über die Kieferpartie: das war nicht ausgemacht, Bernstein, eine anständige Rede war ausgemacht, fragen die Augen, worauf soll das Ganze hinaus?

Das weiß Bernstein auch noch nicht hundertprozentig, wie das so ist beim Erzählen. Eine Rede wird das jedenfalls nicht, das merkt er an den Gesichtern seiner Zuhörer, die ratlos in eine Gegend gerichtet sind, die zwischen den weißen Tischtüchern und seinen Augen liegt, ein Niemandsland, eine Zone für Verlegenheiten. Aber dort hält es keiner lange aus, denkt er zuversichtlich, sich ermutigend, und spricht weiter: seinen Lebenslauf kennen sie ja, und wenn nicht: das Übliche. Verantwortung, Funktionen, Funktionen auf verschiedenen Ebenen, Bernstein galt als ein sicherer Redner auf verschiedenen Ebenen. Das Übliche ist nicht das Schlechteste.

Und Freiheit, das ist Einsicht in die optimale Variante; wir sind doch Ökonomen, Freunde, bei Strafe unseres Untergangs.

Und dann kommt der Tag, an dem du den Untergang zu spüren beginnst. Einen ganz anderen, als du dir je vorgestellt hattest. Nicht das Schiff sinkt, sondern dich beginnt es von Bord zu spülen. Du bist einfach zu leicht geworden.

Bernstein hört, wie jemand ein Bierglas vorsichtig absetzt. Ich weiß nicht, ob ihr mich versteht, Freunde, redet er weiter, der Mensch kann an den Punkt kommen, da muß er etwas wider alle Einsicht tun. Da bekommt er es mit sich selbst zu tun. Ich frage euch: wer hat darin noch Übung? Zwanzig Jahre hindurch hatte die Gesellschaft mich an den Stellen eingesetzt, wo Bernstein tun konnte, was er am besten konnte: reden. Es war das erstemal, daß ich mich da einmischte. Ich sagte: Laßt mich zurück in den Tagebau, wo ich herkomme. Eine Zeit nur, wenns nicht anders geht, aber jetzt muß es sein. Ob mir bewußt sei, worauf ich mich da einlasse, fragten die Freunde mich, um einen Operativposten im Tagebau hat sich noch keiner freiwillig beworben. Ja, ich wußte alles. Aber ich wollte, ich mußte das wieder täglich sehen: wie die Grube weiterrückt. Sehen, daß sich was bewegt!

Bernstein sieht in die Gesichter an der Tafel, in Lucies, das sich nun beifällig hebt, Kreisigs Nacken faltet sich andächtig, und da entdeckt Bernstein endlich auch den Praktikanten an einer Stelle der Tafel, ohne verbindendes Rechts und Links, aber auch ohne deutlich verbindenden Blick hin zu seinem besonderen Gesprächspartner, als der sich Bernstein doch verstanden wissen will, aber auf Ungewißheit hat er sich heute abend eingestellt.

Ich, Bernstein, auf allen Leitungsebenen bis hoch ins Ministerium zu Hause, wurde also Leiter eines Tagebaus mit dreitausend Mann Belegschaft.

Ich fühlte mich wie zwanzig. Die Grube rückte. Ich war zwanzig. Volle acht Monate lang. Einer wie ich hätte alles voraussehen müssen.

Unsere Erde war ein blühender Garten mit Palmen, Sumpfzypressen, mit Zedern und Magnolien; wer die Grube immer vor seinen Augen hat, der schaut manchmal Jahrmillionen zurück; aber vor den Wechselfällen seines eigenen kurzen Lebens verläßt ihn seine Phantasie.

Bernsteins Grube sollte geschlossen werden.

Das war die Zeit der Grubenschließungen, die Zeit der großen Hoffnung aufs Öl. Unsere Kohle schien auf einmal weniger wert zu sein.

Da hatte nun Bernstein, der zwanzig Jahre geredet hatte in Gremien, Ausschüssen, Aktiven, Stäben, auf Tagungen, Sitzungen, Kolloquien, der endlich wider alle Einsicht in die effektivste Verwendbarkeit seiner Person zurückgegangen war in den Tagebau, der volle acht Monate sehen konnte: die Grube rückt, sehen, daß sich was bewegt – da hatte nun Bernstein seine Aufgabe.

Denn einer mußte es tun: mit dreitausend Menschen reden, mit jedem einzelnen reden, jedem einzelnen von dreitausend Menschen begreiflich machen: das Leben, das wir für absehbar zu halten gelernt haben, es kann noch immer unvorhergesehene Wendungen nehmen. Einer mußte den Trost unter die vielen Leute bringen, der nicht billig zu nennen war: Es wird ja keiner auf der Straße sitzen, das gibt es hierzulande nicht. Ein neuer Beruf, ein sauberer Beruf sogar, nach Wunsch in der Metallbranche zum Beispiel, und das gleiche Geld selbstverständlich ...

Wenn aber nun keiner einen sauberen Beruf will!

Was soll das heißen, haben wir etwa einen Dreckberuf!

Und so war ich wieder beim alten, sagt Bernstein von seinem Pult herunter: beim Reden. Aber es war etwas anderes. Meine alten Worte taugten nicht mehr. Dabei schaut er auf, ist verwirrt, das Befremden seiner Zuhörer trifft ihn unerwartet: Da stehen die Biere, da liegen die Handtaschen, aber wo ist das Offizielle? Jedes an seinem Platz, auch das rechte Wort, Direktor, wo die Rollen doch längst verteilt sind! Du stehst oben, und wir sitzen hier unten; du verwirrst uns.

Und in Annas Augen, da kann er lesen wie schon lange nicht mehr, und die Lawine des Mißverständnisses, die aus dem Saal auf ihn zurollt, die liest er dort zwischen den Zeilen mit. Denn Anna ist immer anders als alle, mit denen sichs mit einem Schulterklopfen auskommen läßt.

Damals wußte ich, sagt Bernstein, ich war nun auch als Redner am Ende. Ende gut, alles gut, versetzt unten einer trocken, jemand kichert, dann klatscht einer. Und dann, wie das zögernde Aufspringen der Flämmchen im Backofen, klatschen noch zwei, und bald regen sich einige Hände. Aber die richtige Hitze ist das nicht. Die hat Bernstein in sich. Wie blind geht er zurück an seinen Platz im provisorischen Präsidium, da sitzt er nun, zu seiner Rechten Anna, zu seiner Linken Anja, beide in Gelb und gürtellos; wenn die Rede gehalten ist, kann das Vergnügen beginnen, aber es tut sich nichts. Von einem Winken in den schwarzen Augen Lucies abgesehen, einem Wink der Regie, und der Platz auf dem Podium ist neu besetzt.

Der da steht im Sonntagsstaat, mit jugendlicher Forsche, den hat man wohl nie so gesehn: die helle Haut, die dunklen Augen, ein frisches Bärtchen, wie gesprossen eigens für diesen Augenblick im Licht des Podiums, es muß wohl einer erst dort oben stehn, um etwas anderes zu sein als Gleicher unter Gleichen, denn ein vielfaches Strahlen fällt von Nebenmann zu Nebenmann, von Visavis zu Visavis und schließlich nach vorn, dieses schöne Lächeln ungestörten Voraussehens. Lucie lächelt, und dabei liest sie in den Gesichtern, die, ihr zugewandt, über sie hinweg nach oben gehoben sind. Es ist ein einziges Lächeln, ein großes Wohlwollen und der Glanz der Befriedigung, was ihr da entgegenkommt, über sie hinwegschwappt wie eine handwarme Woge.

Sie brauchte nur den Oberkörper ein deutliches Stück nach rechts zu neigen, und sie hätte die ganze rechte Tischbahn im Blick, zehn aneinandergereihte Tische, an deren Ende ihr dann Felizitas direkt gegenübersäße, wenn auch über eine ungewohnte Distanz. Aber Lucie sitzt mäuschenstill und lauscht, und der Junge macht das ja wirklich gut.

GEREDET WIRD VON FELIZITAS. Endlich. Lange genug hat sie darauf warten müssen. Und der da vorn steht, das ist keiner, den sie nur von seiner Funktion her kennt und von Jahreshauptversammlungen, nein: der da vorn steht Felizitas sehr nah. Diese überraschende Erkenntnis über eine Distanz von zehn Tafeltischen hatte sie nicht erwartet. Sie erfaßt sie unmittelbar.

Weder der Anzug noch das Bärtchen, noch der außerordentliche Rahmen des Podiums, in den Reinhart versetzt ist, eine einerseits leuchtend rote, andererseits tiefblaue Stoffältelung, können ihr das plötzlich so vertraute Bild irgendwie filtern. An der äußersten Flucht der weißen Tafeltuchbahn liegt ihre lackglänzende Handtasche, zwei blasse Kinderhände sind darüber gefaltet, abwesend wie die ganze leichte Gestalt, die an einem anderen, luftigeren Ort zu wandeln scheint, auf einem spätsommerlichen Feldweg vielleicht, wo sich der warme Staub der frischgemähten Felder und der warme Staub der frischgepreßten Kohle zu einer eigenen, lastenden Atmosphäre mischen; sie waren beide ganz langsam gegangen, so nebeneinanderher, am nächsten Morgen hatte er sich zum Strafantritt melden müssen, sie war weit im achten Monat, er wiederholte pausenlos einen Satz: Und ich gäb ihm wieder eins in die Fresse, so und so und so; seine verzweifelten Hiebe in die Luft, aber dann mochte sie es nicht mehr hören, da konnte sie sich seine plötzliche Roheit nicht mehr in Zärtlichkeit oder etwas Ähnliches, das ihr gelten sollte, übersetzen. Aber sie hatte gewußt, was er meinte. Daran erinnert sich Felizitas manchmal. Sie erinnert sich an ihren Wert für einen anderen Menschen. Und wie dieser Mensch ihn ausdrückte. Die Form ist ihr nie wichtig gewesen. Form muß man sich leisten können. Felizitas hat schon Mühe mit ihrem Namen. Da verzichtet man von vornherein auf manches.

Obwohl Felizitas' Ohr die meiste Zeit des Tages zugebunden ist mittels eines verschossenen Kopftuchs, Felizitas' Ohr ist geschärft für die wirklichen Wichtigkeiten.

Felizitas verdankt diese Hellhörigkeit dem ohrenbetäubenden Lärm auf dem Kohleboden.

Eben hat sie ihren Namen gehört. Er blinkte ihr aus dem Schotter der Worte entgegen wie ein Edelstein. Sie möchte diesen Augenblick gern verlängern und die letzten Strahlen der Abendsonne draußen, aber es sind nur noch Sekunden. Um ihren Namen gruppieren sich andere, vertraute Namen, Lucie, Reinhart und dann noch eine Menge bekannter Namen. Aber Felizitas ist hellhörig: alle versammeln sie sich auf der anderen Seite, ihr gegenüber, auf der Gegenseite, dort bilden sie eine bunte Namengruppe, die bereit ist, bereit zu was?, die aktiv ist, aktiv wofür?, aktiv wogegen?, aktiv gegen das Passive, das einzeln steht, gegenüber dem Aktiven, auf der Gegenseite, schweigend, erschrocken, wie es scheint, hilflos, blaß unter stumpfem rotem Haar, denn die Abendsonne ist nun endgültig untergegangen, und der Abend hat nun richtig begonnen, Neonlicht flackert auf, das tüncht die Gesichter weiß, es belebt den, der oben spricht, mit einer gesteigerten Aktivität, die, so in grelles Licht gesetzt, sich in einem überbelichteten Film zu entfalten scheint.

Im Sinne derer, die Förderung brauchen, hört Felizitas, er schlägt die Gründung eines Aktivs vor, er ist der Initiator, dies ist seine Initiative, zur Feier dieses Tages, sagt er, und da treffen sich das erstemal ihre Blicke über die ganze Tischlänge: erwartungsvoll der seine, geschlagen der ihre; hier kann jeder seine Initiative zeigen, hier kann jeder zeigen, was er kann. An denen, die nichts können. Im Interesse derer, die Förderung brauchen. Aus jedem Teil muß ein Ganzes werden. Ist das Gesetz? Was wolltest du denn werden, etwa ein Teil? Aber deshalb brauchen mich doch die Leute nicht so anzustarren! Die sind jetzt alle ein Aktiv, und ich bin ein Teil. Ich sitze hier am Ende der Tafel und bin ein Teil. Dabei wollte ich Frisösin werden. Wäre ich Frisösin geworden, wären alle anderen hier gar nichts, weil sie dann niemand hätten, der nur ein Teil ist und nichts weiter. Und dann säßen sie da.

So aber sitzt sie hier. Und die vertrauten Gesichter wenden sich freundlich zu ihr nach hinten und beifällig zu ihm nach vorn. Also kommt die Sache mit den beiden doch noch zu einem guten Ende. Man, das Publikum, hat eigentlich auch nichts anderes erwartet. Denn dieser Reinhart hat sich doch von Grund auf gewandelt, seitdem er raus ist. Was bei den Frauen die Kinder machen, das macht bei den Männern die Armee und bei manchem der Knast. Vernünftig werden sie schließlich alle. Das ist ja eine alte Erfahrung. Daß jedes seine Zeit hat. Jetzt der Beifall und dann Kreisig, der läßt das Pult einfach links liegen und sagt seinen

Text frei, holt tief Luft, um nachzuholen: möchte ich heute abend alle begrüßen, Kollegen, Genossen und Freunde, an ihrer Spitze den Betriebsleiter; wollen wir heute einen Punkt im geistig-kulturellen Leben erfüllen in Auswertung und in Vorbereitung; das Ziel ist klar, der Weg bekannt; vorwärts, und daß der Abend ein voller Erfolg wird, bitte ich nach oben die Genossin, Kollegin und Freundin –, und nun greift Kreisig doch in die Jackettasche nach dem Zettel und liest die Rangfolge Lucies vielfältiger Existenzen bedächtig herunter; das erklärt alles. Dann streckt er seinen Arm herunter in die erste Reihe, jetzt rutscht sein Jackettärmel bis zum Ellenbogen hoch über den mächtigen Unterarm, an dem sich gleich Lucie Marten hochziehn wird, obwohl sie sich ein wenig ziert, da hat sie richtig Charme.

Auch dann, als Kreisig den Helden aus der Sammetschachtel genommen hat und ihn an Lucies Brust zu befestigen sucht. Das ist ein Genestel. Die ersten deutlichen Lacher. So hat jedes seine Zeit. Lucie will nicht einfach so kostbar beladen abgehn. Ein paar Worte nur. Weil die Fabrik siebzig ist. Und weil unter uns eine sitzt, die feiert heute ihren achtzehnten Geburtstag. Vom Vertrauen über den Bunkern spricht Lucie und davon, daß sich braucht, wer so eng zusammenarbeitet. Ja, sie, Lucie Marten, braucht Felizitas Händschel.

Mit Felizitas auf der Bunkerbrücke läßt es sich ruhig in die Zukunft schauen.

Auch wenn die Fabrik alt ist.

Dafür ist Felizitas jung.

Und der Mensch bestimmt die Verhältnisse, in denen er lebt. Nicht nur umgedreht.

Aber einmal geht auch der schönste Tag zu Ende. Auch der schönste Tag endet in der Dunkelheit der Nacht.

Diese Nacht hat viele Sterne, die mattleuchtenden Fabrikfenster und obendrein zwölf flackernde Fenster in Bodennähe.

Über dem Wäldchen bewegt der leise Wind eine Allgebrauchsbirne an einem Kabel, es ist eine zweihunderter Birne.

Vielleicht ist es auch der Mond. Aber selbst aus dieser Nähe hat der Mond mit seinem Schein keine Chance gegen das grelle Flackern einer Lichtorgel.

Die Nacht ist voller Schatten, sie liegen unbeweglich neben den drei hohen Quadern der Fabrik, der Schatten des Schornsteins liegt still auf dem flachen Dach.

Einige Schatten bewegen sich, zwischen den wedelnden Blättern im Wäldchen fliegen die Schatten langer Arme auf und nieder. Im Saal das Rednerpult steht verlassen von seinen so verschiedenen Rednern, nun will man sich endlich wieder verstehen, man wird sich wohl näherkommen auf die ewige Männerart, wenn sonst nichts hilft.

Gib! flüstert Reinhart.

Sohr gibt, er will endlich dazugehören; die Karten riechen scharf nach Rauch, das Laub riecht scharf nach Herbst; das ist schon längst eine Nacht der hohen Einsätze.

Bernstein klatscht seine Karte auf die alte Werkzeugkiste in der Mitte, heute setzt es was! Heute setzt es mein bestes Hemd, sagt Bernstein und schlägt schon die nächste Trumpfkarte.

Reinhart stellt die Kiste hochkant. Hier hinein!

Es könnte noch kühl werden, fürchtet Sohr, grundsätzlich möchte er da sein Hemd lieber behalten. Man muß schließlich was zum Zurückziehen haben.

Reinhart pfeift: Es muß ja nicht das letzte sein ... Aber mit irgendwas muß die Kiste voll werden, wenn schon nicht mit dem letzten Hemd. Aber unter dem Letzten macht es Bernstein heute abend nicht; es gibt da noch etwas, das ist ihm noch hautnäher gewesen als Hemd und Hose. Es klingelt schön in der alten Kiste; Bernstein hat sein Redetalent hineingeworfen.

Reinhart will wissen, wieviel das wert ist, so ein Redetalent; er verwaltet die Bank. Er schaut in die Kiste und macht einen zufriedenen Eindruck, alles oder nichts!

Nichts, sagt Bernstein müde, für mich ist das nichts mehr wert. Wer sogar an den eigenen Leuten vorbeiredet ...

Einspruch! ruft Reinhart, was einem selbst nichts wert ist, zählt nicht als Einsatz. Ich will es auch nicht, dein Redetalent. Hab mein eigenes, freut sich Reinhart und haut mit der Faust auf die Kiste. Also versteigern wir es! Der Erlös geht an die Bank.

Nicht mal Sohr, der seit heut morgen neu ausstaffiert wird, macht ein Mindestangebot. Er sitzt im Laub und starrt seinen Direktor ungläubig an; er will jetzt den Faden nicht verlieren, den er vorhin erst, während jener seine Geschichte vom Pult sprach, leise zu ihm über die Tische hinweg geknüpft hatte. Das Spiel ist ins Stocken geraten. Drei Schatten sitzen ratlos, unbeweglich um die gefüllte Werkzeugkiste. Da löst sich ein vierter Schatten aus dem Block des Hauses, der muß dort gestanden und gewartet haben, ein Irrlicht ist das, ein rotgoldenes Irrlicht im Geflacker der Lichtorgel.

Dann sitzt das Irrlicht stumm, mit flackernden Augen zwischen den dreien im Laub. In der Mitte steht die gefüllte Werkzeugkiste hochkant, da kann jeder sehen, wieviel drin ist, und oben liegt ein kalter Grand mit vieren, der keinen interessiert.

Bernstein brütet vor sich hin, er geht in Gedanken seine Leute durch, Lucie, Kreisig, aber keiner braucht, was Bernstein nicht mehr haben will, weil jeder genug davon hat. Sein Redetalent liegt wortlos in der Kiste: ein herrenloses Gut.

Nur auf Reinharts helles Gesicht ist ein warmer Schimmer gefallen, der kommt von dem Irrlicht, das sich jetzt über die Kiste beugt.

Was ist das? fragt Felizitas.

Ein kalter Grand mit vieren, antwortet Reinhart. Er strahlt im Feuer von Felizitas' Haaren und vor Erwartung. Nun ist der lange Tisch zwischen ihnen verschwunden, nur eine ausgediente Kiste steht in der Dunkelheit, die müßte doch zu überwinden sein.

Es gibt Lebenslagen, in denen wird ein Kieselstein zum Gebirge, davor steht Felizitas. Ihr ist, als habe sie den einsamen Platz am Ende der langen weißen Tischbahn noch nicht verlassen, als säße sie dort noch immer wie festgebannt von den freundlichen, ermunternden Blicken, die in vielen spitzen Winkeln auf sie zulaufen.

Mädel, hast du die Sprache verloren!

Aber hatte sie denn einer gefragt? Sie sollte ja gar nicht reden. Sie brauchte gar nicht zu reden. Sie ist überhaupt nicht gefragt worden.

Feli! sagt Reinhart, und das klingt ganz weich, in der Kiste ist was drin!

Was? fragt Felizitas und zittert.

Das Nichts, brummt Bernstein, er liegt rücklings im dunkeln Laub, ist nur noch ein Schatten im Schatten.

Das ist Ort und Zeit zum Philosophieren, stellt Sohr überrascht fest und klappt ebenfalls den Rücken ins Laub. Ihm ist, als warte er schon seine ganzen drei Tage in dieser Fabrik auf diese Stunde. Vielleicht hat sich das Warten gelohnt.

Da ist was für dich in der Kiste, Feli, flüstert Reinhart, er ist so aufgeregt wie vor seiner Rede, seiner schönen Rede, die ihm noch in den Ohren klingt, er denkt plötzlich, der Mensch braucht vielleicht auch in der Liebe mehr als die gewöhnlichen Worte.

Felizitas steht das Wasser knapp unter den Augen. Sie hat schon in die Kiste gesehn.

Das ist ein Geschenk, sagt Reinhart leise, ein Geburtstagsgeschenk. Er ist jetzt so glücklich. Weil ihm an diesem Abend alles glückt. Sohr und Bernstein liegen unten im Laub und philosophieren, man hört es nur nicht.

Es ist überhaupt jetzt ganz still geworden, auch die

Diskothek macht wohl eine Pause. Eine schöne nächtliche Stille.

Nur einer versagen alle Sinne für diese schöne nächtliche Stille. In ihrem Kopf irrlichtert es wie wild.

Ich –, sagt Felizitas und das noch einmal: ich –, und dann geht alles unter in zu viel Feuchtigkeit, sie nimmt alle Kraft zusammen und die Zunge noch einmal in Ausgangsstellung, da gelingt es mit Mühe und Not: Das da brauch ich nicht!

Aber die Karten nimmt sie. Mischt mit schweren Händen. Jeder kriegt eine Handvoll, Bernstein, Sohr und sie selbst. Felizitas entfaltet ihren Fächer und wartet.

Die beiden anderen klappen verwundert ihre Oberkörper hoch und sehen gehorsam in die Karten.

Felizitas wartet noch immer.

So ist das also! sagt Reinhart beleidigt. Da ist man wohl hier überflüssig. Kommt mit den besten Absichten und kriegt einen Korb, damit man sie wieder heimtragen kann! Da dankt man auch schön.

Da dank ich schön! ruft es schon aus einiger Entfernung, wirbelt Laub auf und ist verschwunden.

Also! stößt Felizitas entschlossen hervor, läßt die beiden kommen und wirft ihr Herz-As.

Das Mädchen geht aber ran! spottet Sohr.

Vierundzwanzigneunzig! sagt Felizitas, in West.

Sie sieht beide fassungslos dasitzen. Wenn sie höher blickt, sieht sie den Schornstein, der blasse Wölkchen in den tiefdunklen Himmel setzt, ein paar Sterne sind zu sehen, am hellsten leuchtet die zweihunderter Birne. Mit ein bißchen Phantasie könnte man sie für den Mond halten.

Felizitas hat keine Phantasie.

Sie sieht die Dinge jetzt klarer denn je.

Sie ist ganz ruhig.

Habt ihr die Sprache verloren? fragt Felizitas.

Dieser Satz spricht sich ja viel leichter, als sie dachte. Er hat auch nur ein S.

Dieser Satz behält ja sogar in ihrem Munde seine alte Kraft, die kennt Felizitas, seit sie hören kann: er macht sprachlos.

Dieser Satz stärkt den, der ihn spricht.

Felizitas gehört nicht zu den starken Naturen. Aber dies ist eine Nacht der hohen Einsätze. Und auch wer hier Direktor ist, muß wohl über mehr verfügen als über ein kleines Redetalent, das da in der Kiste liegt. Sogar über mehr als vierundzwanzigneunzig, das kann Felizitas doch sehen, wenn die Kohle in ihren vier Bunkern steigt.

Aber sie braucht nur vierundzwanzigneunzig.

Die braucht sie zu ihrem Glück.

Zu ihrem Unglück braucht sie sie in West.

So liegen Glück und Unglück nah beieinander, und so ist das Leben.

So ist also das Leben, stöhnt Bernstein, es kommt ihm so vor, als ob er von diesem Leben so viel weiß wie der Türmer vom Katzenkopfpflaster. Da muß er einen atemberaubenden Sprung tun. Er trifft hart auf und lebt noch. Er hat sogar seine Gedanken noch alle beisammen.

Aber sag du was, Junge! fordert er Sohr auf.

Bin neu hier, knurrt Sohr, was weiß ich. Aber er schaut dennoch genau durch seine Gläser auf die, die da mit so geradem Rücken neben ihm hockt, mit einer schönen Sicherheit auf der hellen Stirn unter den rotblonden Haaren, mit der schönen Sturheit eines Kindes. So also sollen Glück und Unglück aussehen? Das hat Sohr nicht gewußt. Das ist erst sein dritter Tag in der Fabrik und seine erste Nacht.

Die Kiste fällt um, mit der geöffneten Seite auf die Erde. Bernstein hat dagegengetreten. Die Karten fliegen ins Laub; es riecht scharf nach Herbst; alle Schatten liegen still.

Wir müssen noch mal von vorn anfangen, sagt Bernstein.

Heiss ist es im Saal, die Rauchschwaden hängen wie Girlanden unter der niedrigen Decke, zwischen den Tischen bewegt es sich hin und her, kreuz und quer, das ist das Vergnügen, es läuft nun von allein. Die Ernsten sind fröhlich, und die Fröhlichen werden langsam betrunken, haben keinen Blick mehr für die letzten Leberwurströllchen auf dem kalten Büffet. Annelies tanzt schon die hundertste Runde, zwischendurch geht sie von Tisch zu Tisch und seufzt tief, ihr ist so heiß, ihr Rücken ist ganz feucht, ihr Rücken ist heute frei. Na dann vorwärts! ruft Kreisig, und das ist die hundertunderste.

Das Podium steht nun voller Apparate, dazwischen sitzt der Diskomann mit zwei topfgroßen Kopfhörern über den Ohren und geht seiner Arbeit nach. Die musikalische Begleitung vom Landestheater hat abgesagt, nur die Sängerin ist gekommen, das muß ein Mißverständnis sein. Sie steht schon eine ganze Weile im akustisch toten Winkel des Saales, den Blick unverwandt zu dem beschäftigten Mann auf dem Podium gerichtet, schließlich steuert sie auf das kalte Büffet zu, hier hat sie vor zwei Stunden gestaunt, wessen ehrgeiziges Werk muß das gewesen sein, dieses Ornament aus Lachsrosa und Petersiliengrün, Rahmkäsegelb und dem schillernden Blau von etwas Saurem, symmetrisch gruppiert um ein gewaltiges Massiv leuchtenden Hackepeters, ein verrätseltes Zeichen das Ganze vielleicht, doch zuerst wird immer der Hunger gestillt. So ist das mit dem Ästhetischen, seufzt die Sängerin und spießt die letzte gefächerte Gurke auf eine frische Gabel; sie bemüht sich um Natürlichkeit, denn schließlich ist es wie jedesmal: sie kennt keinen, die Leute haben sich ihren Vogelhändler angehört, und nun führen sie wieder ihr eigenes Leben. Hier haben sie ihren Vogelhändler nicht gehört, und trotzdem ist alles wie immer. Die Sängerin zerkaut sorgfältig die letzte Gurke und tanzt mit den Augen die hundertzweite Runde dieses erhitzten Mädchens mit.

Reinhart mußte, als er von draußen kam, am Getränketisch vorbei. Ob er wollte oder nicht, da nahm er fünf Schnäpse mit, die hat er jetzt vor sich in einer Reihe stehn, die leeren auf dem Kopf, zwei sind noch voll, seine Beine sind schwer, er hätte wohl ein schönes, fettes Fundament in den Magen legen müssen, aber wem der Kopf schwirrt, der denkt nicht ans Essen; was waren das herrliche Zeiten, als einem der Kopf schwirrte! Und schon nach dem letzten Wort im Rampenlicht soll alles vorbei sein? Jetzt brummt ihm der Kopf vor Schnaps und Enttäuschung.

Das kleine Präsidium ist eine verlassene Tafel, die Fabrik tanzt, nur in der Mitte sitzen noch zwei: blond die eine, braun die andere, in ihren losen gelben Gewändern gleichen sie einander schwesterlich, teilen wohl alles, den gelben Likör und das letzte Geheimnis, sind wohl selbst ein offenes Geheimnis, wie sie da sitzen. Jeder Betrieb braucht sein kleines Geheimnis, und wo keins ist, gibts immer eins zu sehen.

Sogar Hermann wendet sich schnell von diesem Bilde ab und wieder den Apparaten auf dem Podium zu, es gibt Schlimmeres, denkt er und gibt dem Diskomann einen Schnaps aus, denn Durst ist schlimmer als Heimweh, falls noch einer weiß, was Heimweh ist; man lebt sicher, da gibt es kaum noch was richtig Schlimmes, Durst ausgenommen, und Durst ist zum Löschen da, zum Löschen aber ist Feuerhermann da, dann prost!

Nicht, daß man schon ein Redner wäre, sagt Reinhart zu seinem Nachbarn, der eben zum Tanz gegangen ist, aber schließlich hatte man seinen Beifall ja nicht umsonst. Oder? Jetzt kann er auch den fünften Schnaps auf den Kopf stellen, eine ordentliche Reihe. Jetzt müßte er seinen Mißerfolg im Erfolg bald niedergetrunken haben. Manche haben Glück im Unglück. Bei ihm ist es genau umgekehrt.

Bernstein hat wie abwesend am Rande der Tanzfläche gestanden, auf einmal war er mitten hinein geraten wie ein Fremdkörper in ein Räderwerk, ein paar verzweifelte Armbewegungen, Püffe und Knüffe, dann ließ er sich widerstandslos durchdrehen und wurde auf der anderen Seite wieder ausgestoßen, da steht er vor den beiden: Anna und Anja, wer die Wahl hat, hat die Qual. Aber der Mensch hat viel seltener die Wahl, als er glaubt. Bernstein hatte nur einmal die Wahl. Da mußte er einen Tagebau auflösen. Wozu sich ein Bein ausreißen, wenn niemand Blut sehen kann, denkt Bernstein und tanzt mit Anja, die erwartet keine Wunder von ihm.

An einem leergetanzten Tisch ist Lucie zurückgeblieben. Auch ihr ist heiß, sie hat die Jacke ihrer Bergmannsuniform ausgezogen, nun hängt das Paradestück mit steifen Schultern über der Stuhllehne. Den Helden hat Lucie vergessen, sie hat sich einer neuen wichtigen Sache angenommen, die ihre ganze Aufmerksamkeit verlangt: Lucie bewacht die Handtasche der meistbeschäftigten Tänzerin Annelies. Auf die Handtasche hat es wohl niemand abgesehen, aber auf Lucie, von der jeder weiß, sie tanzt nicht. Nie. Da ist es wichtig, daß sich Lucie mit einer neuen Aufgabe schützt: Lucie ist für die Handtasche von Annelies verantwortlich. Fordert sie wer zum Tanzen auf, kann sie sich an der Handtasche von Annelies festhalten. Wirklich ein schöner Abend.

Wenn das so weitergeht, sagt Reinhart zu dem leeren Stuhl neben sich, kann man ruhig noch einen nehmen. Wo man sowieso vergessen ist. Damit nimmt er den sechsten Klaren aus dem sechsten Preßglas. Vergessen. Er stiert ziellos durch den Rauch, da steht eine in der Tür, ganz in Himmelblau und in eine weiße Wollstola gewickelt, die grüßt nach mehreren Seiten, dann schreitet sie klein und gerade und ohne Zögern auf einen bestimmten Platz zu am Ende der Tischbahn, setzt sich, ohne die Verknüpfung von Armen, Tasche und Tuch zu lockern. So sitzt sie eine Weile wortlos neben ihrer Tochter Felizitas.

Auch Felizitas reagiert nicht, wendet nicht einmal den Kopf, sie scheint abwesend zu sein. Anzeichen von Kränkung sind auf ihrem Gesicht nicht zu sehen. Sie hat sich hübsch gemacht heute abend, mit kleinen rotblonden Locken um ihr Kindergesicht. Sie sitzt da wie zum Anschauen. Sie hat überhaupt keinen Blick.

Auf dem Podium steht auf einmal die Sängerin vom Landestheater. Der Diskomann hat sich hinter die Bühne zurückgezogen. Nun steht die Sängerin zwischen den Apparaten und singt.

Das klingt so verlassen.

So eine einzelne Stimme macht nicht viel her. Sie kann nicht einmal den Saal füllen. Im Vergleich zu den Apparaten. Die Tanzbeine reagieren nur auf die Apparate. Die Sängerin macht, daß alle Tanzbeine zu Holzbeinen werden.

Das macht überhaupt keinen Spaß, stellt Bernstein fest und geleitet die blonde Anja zurück an Annas Seite, ohne jemanden beleidigen zu wollen. Er hat festgestellt, daß es überhaupt keinen Spaß macht mit jemand, der keine Wunder von einem erwartet.

Draussen ist es still. Drinnen im Büro liegt der gelbe Helm auf dem Fensterbrett. Er ist so blank, daß sich der Mond drin spiegelt; wer ist der Leuchtendere von beiden?

Vor dem Fenster steht der Praktikant Sohr, hat sich abgesetzt. Um hier rumzustehn und von außen durchs verschlossene Fenster nach innen zu starren?

Er weiß selbst nicht genau, warum.

Der Mensch ist Subjekt, denkt der Praktikant, aber er selbst ist weder Fisch noch Fleisch. Das muß wohl das Ende seiner Philosophie sein. Er tritt näher heran an die Scheibe, ist neugierig, wie einer aussieht, der mit seiner Philosophie am Ende ist. Glattes, langes Gesicht mit dunklem Brillenrahmen, starke Gläser. Ein Intellektuellengesicht hatte er sich immer gewünscht. Eins, hinter dem man geborgen ist.

Stehn Sie hier öfter? fragt ihn da jemand.

In etwas Großgeblümtem erkennt er diese Christel. Eine, die sich von einem Druckmuster unterkriegen läßt, denkt Sohr flüchtig, und bietet sich an, seinen Helm herauszuholen. Ich habe den Schlüssel, sagt Christel.

Zu höflich klingt das, und überhaupt: eine, die am Tage du und nachts Sie sagt …

Wozu! wehrt sich Sohr; er wehrt sich schon drei Tage. Das ist kein Leben.

Christel lächelt, ihr großblumiges Kleid lacht auch. Immer hinein ins Vergnügen!, hinein ins volle Menschenleben!

Und wenn es kein Zurück gäbe?

Der Mond versteckt sich hinter dem Schornstein;

Sohr denkt an die anderen seiner Art, die sind nach einem halben Jahr von solchen Ungetümen verschluckt worden, und nirgends war ein Rest ihrer kühnen und eleganten Ideen auffindbar gewesen ...

Vielleicht kann Ihnen der Helm zu was nütze sein, sagt Christel entschlossen, schürzt mit einer Bewegung, die Sohr als hoffnungslos dörfliche Koketterie registriert, ihren Rocksaum und steigt über die Rasenrabatte schräg an ihm vorbei, der eine braucht ihn, der andere nicht, redet sie weiter, schaltet das Türlicht ein. Solche wie Sie brauchen ihn. Weil Sie Angst haben. Da ist es wichtig, daß jeder Sie gleich erkennt. Solchen wie Ihnen muß geholfen werden.

Der Praktikant mustert diese Christel, die da unter dem Türlicht steht wie eine Verkünderin der letzten Wahrheiten. Heute morgen haben wir uns geduzt, sagt Sohr, abends sagen wir Sie.

Christel freut sich: Besser als umgekehrt! Dann verschwindet sie in der Tür.

Draußen steht Sohr, hört drinnen die Schlüssel klappern. Hört draußen irgendwo Schritte.

Kannst ihn ruhig nehmen, versichert Christel dann und knipst das Türlicht aus, trägt ihm den Helm in der Dunkelheit über den Rasen. Was gibts denn hier? fragt da jemand und funkelt mit einer weißen Hemdbrust, der Schlips hängt locker.

Verkleidungsspiel, was!

Bin im Dienst, Kreisig, gibt Christel zurück, siehst dus nicht?

Seh ich, seh ich! Kreisig schnappt kräftig frische Luft, lockert den Schlips noch ein bißchen mehr.

Vor Verlegenheit stumm steht Sohr, jetzt ausgerechnet hält ihm Christel den Helm entgegen. Wenn der ihn nicht will, dann hat ihn Kreisig schnell oben auf dem Kopf, ein Schlag mit der Hand obendrauf, und der sitzt. Mit einer goldenen Krone steht Kreisig unterm Mond und strahlt. Will auch seinen Spaß haben, soll auch.

Bloß verkleiden tu ich keinen, sagt Christel.

Ist ja bloß symbolisch, meint Kreisig, zieht den Schlips ordentlich fest.

Drum eben, sagt Christel, und dann stehn sie noch eine Weile miteinander unterm Mond.

Auch Bernstein hat es nach draussen gezogen. Er muß mal allein sein, in sich reinhören, ob es ihn noch gibt. Aber kaum steht er im Dunkeln, hört er alle Geräusche der Fabrik aus ihrem mattleuchtenden Gehäuse heraus, die Nacht ist erfüllt davon wie anderswo vom Gezirp der Insekten.

Setz dich mal ins Auto, hat er da gedacht; hinter dem Anbau, da steht der Dienstwagen, dunkelblau, eine Kabine der Einsamkeit. Bernstein klappt die hintere Tür auf, in den äußersten Winkel zieht es ihn, mit einem Seufzer läßt er sich ins Dunkle fallen.

Da sitzt schon einer. Vorn, die Arme hat er überm Lenkrad gekreuzt, er wartet wohl schon lange. Oder sitzt auch nur so. Ein fremder Rücken.

Darf man hier rauchen? erkundigt sich Bernstein.

Hab gedacht, das hier wär dein Wagen, sagt der Vordere langsam.

Wie mans nimmt. Bernstein zündet sich eine an.

Meiner ists jedenfalls nicht, sagt der vorn überzeugt.

So was, meint Bernstein, und wo hast du deinen?

Meinen? Meinen fahr ich nicht mehr.

Verschrottet?

In Rente.

Und wer bist du? fragt Bernstein jetzt kurz.

Egal, sagt der andere, red nur, tu wie immer! Ich hab das fünfzehn Jahre gemacht, es ist nur, daß wir nicht fahren.

Was hast du fünfzehn Jahre gemacht?

Fahrer, Zuhörer, Mitwisser, gutes Gewissen, schlechtes Gewissen, wie du willst.

Und wo?

Das macht keinen Unterschied. Fang schon an!

Der vorn trägt eine Lederjacke, die sich über einen gebeugten, schmalen Rücken spannt, die Berufskleidung der Kraftfahrer. Er hat sich nicht einmal umgedreht nach dem, der sich da hinten verkriechen wollte, als halte er es tatsächlich für gleichgültig, wer das ist.

Genau das braucht Bernstein jetzt. Denn daß hier jeder jeden kennt, das hat sich heute abend wohl nicht als Vorteil erwiesen. Wohl eher als Irrtum. Wenn das die Wahrheit wäre, überlegt Bernstein und setzt eine Rauchfahne in den Autohimmel, fast so hoch wie ein Fabrikschlot.

Er wird mit Anna darüber reden, eigentlich kann er über so etwas nur mit Anna reden. Anna ist meine Frau, weißt du, seit dreiundzwanzig Jahren und mehr. Anna ist mein nächster Mensch und hat für fast nichts

Verständnis. Anna ist meine Chance. Verstehst du das?

Der Vordere schweigt.

Aber kaum daß du das begriffen hast, zeigt es sich auch schon, daß du inzwischen nicht mal mehr dazu taugst, deine Chance wahrzunehmen: endlich wagst du, deine eigene Sprache zu sprechen, stellst du fest, du hast noch eine, und da versteht dich keiner von den eigenen Leuten.

Was jammerst du, sagt der in der Lederjoppe, darunter kommt was in Bewegung, ein Muskelkräuseln zum Nacken hinauf. Auch die Stimme hat plötzlich mehr Spannung: Wenn ihr in Frieden weiß geworden seid, fangt ihr mit dem Nachdenken an und seid am Ende noch stolz darauf, daß ihrs so weit gebracht habt ...

Aber um was zu begreifen, wendet Bernstein ein, mußt du es erst mal annehmen, darüber wird einer gescheit.

Du bist darüber fast alt geworden, Bernstein, Rolf, antwortet es ihm von vorn, wo sich quer durch die Frontscheibe die gelbe Fensterkette der Förderbrücke zieht. Der schwarze Umriß des Kopfes davor wendet sich zögernd nach rechts, gibt ein rückwärtiges Halbprofil frei, ein großes Auge, in einem geweiteten Unterlid schwimmend.

Dich kenn ich nicht, sagt Bernstein und überlegt schwer.

Ich weiß, erwidert Jarock bitter, das ist so eure Art, euch frei zu machen: wer abhaut, den kennen wir nicht mehr. Wer zur Unzeit in unseren Wagen steigt, den kennen wir nicht. Das muß wohl alles angemeldet sein ...

Nein! ruft Bernstein da, packt den vorn an seinen schmalen Lederschultern, der Jarock bist du! Der Jarock!

Und plötzlich hängt Bernstein der Autohimmel zu tief, und die gepolsterte Lehne, die ihn von dem anderen, endlich Erkannten trennt, läßt sich so schnell nicht niederreißen, wie er es jetzt wohl täte, wenn er nur die Kraft dazu hätte, aber achtzehn ist er nicht mehr. Jarock dreht sich herum, dreht sein Gesicht ins Dunkle des Wagens, in dem jetzt zwei große, helle Augäpfel leuchten mit zwei unergründlichen Mittelpunkten, da möchte Bernstein gar nichts mehr, nicht fragen, nur ausatmen im Zurücklehnen und den Beistand fühlen, der ihm da über Nacht gekommen ist.

Drin wird es immer heisser. Die Nacken werden immer feuchter und glühen wie die längst vergangene Abendröte. Noch ein Tänzchen, ehe es finster wird, und noch eins; finster ist es schon längst. So ein Tag, so wunderschön wie heute, da ist es so heiß, daß sich zwei Füße unter dem Tisch aus zwei Sandalen Größe siebenunddreißig stehlen. Die Füße sind nicht bleicher als das Gesicht, sie möchten gern in ganz anderen Schuhen stecken, in hohen, die einen so selbstsicheren Gang erzeugen wie den Gang der Frau Anja aus dem Sekretariat. Felizitas möchte gern in einer anderen Haut stecken. In ihrer fühlt sie sich so schrecklich verlassen.

Aber Felizitas kann nicht aus ihrer Haut.

Wenn ihre Haut nur nicht so dünn wäre.

Der Diskomann gibt sein Bestes, heute möchte er alle erreichen, auch Hermann, der schon ein wenig schwerhörig ist.

Die Sängerin vom Landestheater wollte sich nach ihrem Auftritt wieder in den akustisch toten Winkel zurückziehen, aber sie konnte ihn nicht mehr finden. So stellte sie sich in die leicht bewegte Gardine am geöffneten Fenster und folgte weiter Annelies mit den Blicken, und als diese vorüberkam und sie leicht streifte, hatte sie leichthin geflüstert: Sie tanzen ja wie auf einer Insel des Glücks!

Ach, seufzte Annelies, Sie verstehen etwas davon?

Über der Stuhllehne hängt eine Bergmannsuniform, und an der hängt der Held, aber Lucie sitzt auf dem Klo und wartet, bis die große Runde zu Ende getanzt ist; sie möchte nicht immer nein sagen. Sie sitzt auf dem Stuhl neben dem Waschbecken und hat ihre linke Wade auf das rechte Knie gehoben. Sie betrachtet die angestrengten Wendelungen einer Krampfader; sie hat schon so manches Vergnügen auf die Beine gebracht, und dann hat sie hier gesessen neben dem Waschbecken und nie recht gewußt, was sie anfangen sollte, wenn die Stunde zum Abräumen noch nicht gekommen war. Aber zum Glück sind die Stunden des Vergnügens gezählt, im Gegensatz zu den Stunden, da das Leben etwas von Lucie fordert, etwas, worin sich Lucie auskennt: etwas konkret Abrechenbares. Zum Glück schlägt Lucies Stunde immer rechtzeitig.

Aber noch gehört der Tusch im Saal ganz dem Vergnügen. Annelies schlägt lang hin mit Grazie, die fehlt Kreisig, er plumpst wie ein gefüllter Rucksack auf den Tanzboden. Gleich hat er ihren Schuh auf seinem Bauch, ein kleiner Kitzel von einem spitzen Absatz in der Gegend des Zwölffingerdarms; ist das das Gefühl des Unterlegenseins?

Der nächste! ruft Annelies, es muß ja nicht der letzte sein, der Traum ist ausgeträumt mit dreißig Jahren, vielleicht lebt der Mensch wirklich nur einmal, man kann nie wissen, und dann wäre es geradezu ein Verbrechen, mit Vorsicht zu leben.

Der Königswalzer! Erst der Tusch, dann der Königswalzer. Der schwingt sich langsam auf, von einer Box zur anderen und wieder zurück.

Der Königswalzer! ruft es vom Podium, der Königswalzer für das Königspaar! Kollege Direktor!

Das Königspaar sitzt einträchtig im kleinen Präsidium, es hat drei Köpfe, sechs Hände, und in der Mitte, das ist Bernstein. Bernstein hat gut verstanden, schließlich ist er nicht schwerhörig. Unter uns soll ein König sein! Der Betroffene soll sich melden. Er dagegen breitet die Arme, den rechten Arm um Anna, um Anja den linken.

Da passiert es, daß am Ende der Tafel, ganz hinten an der Wand, ein Herz aus dem Takt gerät.

Immer diese Kleinmädchenherzen. Dabei ist Felizitas längst Mutter, Frau. Manche trägt eben ihre Unschuld durch dick und dünn. Für so eine ist Gelb die Farbe der Eifersucht. Die Farbe der Ironie kennt sie nicht.

Felizitas leidet die Eifersucht nach, so ungebrochen, daß für die beiden Schwesterlichen an Bernsteins Seite nichts mehr zu leiden übrigbleibt.

Bernstein will kein König sein, das liegt nicht in der Zeit, und in seinem Charakter liegt es schon gar nicht. Auf die Tanzfläche drängt das Volk, es tanzt seinen Königswalzer, die Stühle leeren sich, das kleine Präsidium leert sich, Hermann übersieht die Lage, er hat seinen Blick für Ordnung, er wird verhindern, daß der König die falsche Wahl im falschen Moment trifft, er ist im rechten Moment zur Stelle und macht seinen Bückling vor der blonden Frau Anja; Königspaar oder nicht, für die Ordnung ist Hermann da, aber unauffällig.

Doch kommt die Krise nach dem siebten Takt bereits, da tun der großen Anja die schönen Beine weh, und Hermann spielt mit; tief innen weiß er um seine Schwächen: immer muß er zu weit nach oben schauen. Aber er weiß längst, was aus seinem Manko zu machen ist: er spielt den Diener und zieht Anja die weißen Hochstöckigen von den Füßen, stellt sie weit weg unter einen anderen Tisch; nun geht ohne ihn gar nichts.

Reinhart guckt auf seine sechs umgedrehten Preßgläser, da waren vor kurzem sechs Klare drin, die sind jetzt in seinem Kopf, nur in seinem Kopf ist es alles andere als klar. Es ist leicht verschwommen, betrübt, als bewege sich dort eine blasse Gardine mit leichten, traurigen Flügelschlägen, ein Schleiervogel mit zwei rätselhaften Augen, da drücken die Beine einen wie von selbst vom Stuhl hoch und finden ihren Weg allein, an dessen Ende steht ein Fenster weit offen, das Fenster zur Welt?, das Fenster zum Pressenhaus, und im Fenster steht die Sängerin mit schwarzumrandeten Augen.

So schwingt der Königswalzer, der Diskomann setzt zufrieden ein frisches Bier an die trockenen Lippen, er hat schon einige spendiert bekommen, von wem, ist egal, kennen tut er ohnehin keinen, um so besser, da kann er tun, als kenne er alle. Auch die Kleine da an der Wand hinten; auf jedem Vergnügen gibt es so ein trübes Huhn, das findet man als Fachmann auf den ersten Blick, da kann einer nun vorführen, was seine Kunst vermag. Alle erreichen, keinen vergessen. Den letzten beißen die Hunde. Aber nicht bei ihm!

Vom Extraband für große und kleine Tuschs einen kleinen. Denn auch wir von der Kultur haben immer neue Ideen. Der Mensch steht im Mittelpunkt, aber besonders das schöne Geschlecht, nirgendwo anders nähme es sich so ausnehmend gut aus, im Alltag wie im Vergnügen, da möchte er doch sehr bitten, er tut es, durch ein Mikrofon ausdrücklich verstärkt, er meint eine Bestimmte, eine bestimmte Dame, die Blume, die im verborgenen blüht, er sieht sie leuchten, warum nicht in unser aller Mitte, noch einen Tusch vom Extraband, einen großen jetzt, und nun darf er doch bitten, die blutjunge Kollegin.

Die blutjunge Kollegin ist plötzlich rot geworden, hübsche rotblonde Löckchen umspielen ihre Stirn, die ein wenig feucht wird, während sie zögernd, doch nicht etwa verunsichert?, an den leeren Tischen vorbei auf die Saalmitte zusteuert, die Saalmitte ist ein großer, freier Platz, den erhitzte, lachende Menschen säumen.

Und plötzlich steht sie mitten im großen Saal. Musik setzt ein, von der Decke glitzert es wie von Kronleuchtern, die Musik kommt Felizitas bekannt vor, sie ist ihr vertraut, schon dreht Felizitas eine kleine Spirale, *Eimfrie*, wie schön das geht, noch eine kleine Spirale, schon etwas größer, wie leicht das geht, *Eimfrie*, so viele vertraute Gesichter, haben die ihr den Wunsch von den Augen abgelesen? *Eimfrie*, da wird gleich das Drehen noch schneller, vor Freude immer schneller, immer rasender, die Gesichter kreisen immer rasender, die lieben, vertrauten, sie lachen ihr zu, da!, das eben in der weißen Stola war Marianne, sie ruft ihr etwas zu, ja, was denn? Und wo ist er denn, Reinhart, wo denn!

Sie wird heute achtzehn!, das war Marianne, sie winkt dem Mann an der Musik: achtzehn! Das gibt noch einen Tusch und eine kleine Ansage für das Geburtstagskind; kaum zu glauben, die kleine Händschel, unsere Feli, wie sie da so schön tanzt, ganz leicht, wie eine Feder so leicht, als ob sie überhaupt nicht den Boden berührte ...

Sie berührt ja überhaupt nicht den Boden!

Aber was hat sie denn da für Schuhe an den Füßen!

Das können doch nie im Leben ihre Schuhe sein!

Diese Schuhe sind ihr ja viel zu groß und zu hoch und überhaupt: das sind keine Schuhe für die kleine Händschel!

Sie wird ja auch schon ganz wackelig in dieser Höhe!

Sie wird doch wohl nicht umkippen –

Ja haltet doch das Mädchen!

Der Mann von der Musik ist es, der sie auffängt, die kleine Frau, hoppla, er kennt sich aus, er kennt die Vergnügen, er kennt die Eventualitäten, in solchen Augenblicken hilft das Spiel, die beliebten Tanzspiele, da hat er sich längst gebückt, eine Schlinge um den zarten Knöchel geschlungen, zarte Bande geknüpft gewissermaßen, daran tänzelt ein himmelblauer Luftballon, *Eimfrie*, die Platte gleich noch einmal abgefahren, *Eimfrie*, weils so schön war, diesen Tanz nur für ..., wie heißt sie denn, die junge Frau?, sie verrät es nicht jedem, das versteht man, aber hier kennt doch jeder ihr kleines Geheimnis, und einer verrät es mir – ah: Felizitas, diese Extratour für Felizitas, die heute Geburtstag hat, Felizitas, die Glückliche, wenn ich nicht irre, nomen est omen.

Und jetzt tanz, Kind! ruft Marianne, zitternd vor Erregung, das ist das Glück, das ist ihr in die Glieder gefahren, endlich, endlich, die Wachträume sind lang, und dies hier ist die Wirklichkeit, die kurz ist, und so nah beieinander wird man beides nicht so schnell wieder haben. Tanz, mein großes Mädchen, dies hier ist dein Fest geworden. Wer sein, ja, mit achtzehn muß der Mensch wer sein, und daß das so schnell geht!

Da steht sie plötzlich im großen Speise- und Versammlungsraum. An ihrem linken Bein ein zartes Schleifen, das ist der Luftballon. *Eimfrie*, und das kostet nun gar nichts, sie dreht sich, und die anderen klatschen dazu, einen Wunsch muß der Mensch doch haben, *Eimfrie*, heute nacht gehen wohl alle Wünsche in Erfüllung, wo ist Reinhart?, wo das doch sein Lied ist: *Eimfrie*, das muß er doch hören, das bin doch ich, die da ruft, die Musik dröhnt ja so, *Eimfrie*, aber ich rufe wohl zu leise, ich bin zu klein, ich habe eine zu dünne Haut, ich bin wie ein blauer Luftballon ... Aber das muß ein Irrtum sein!

Es beginnt zu dröhnen in Felizitas' Ohren, ist das die Musik?, ist das ein Klatschen im Takt? Felizitas ist hellhörig geworden, das klingt wie das Aufschlagen des Luftballons an ihrem Fuß, was da so dröhnt; ein stiller Ort ist der Kohleboden, sobald der Körper das Dröhnen, Brüllen, Stampfen angenommen hat, gibt es einen stilleren Ort als den Kohleboden, einen vertrauteren, lieberen?

Gibt es einen anderen Ort, wo der Mensch wer sein kann? Vertrauen gegen Vertrauen!

Reinhart kommt nicht, um Felizitas den Luftballon abzutanzen, aber wo ist Lucie? Hat Felizitas nicht Reinhart, so hat sie doch Lucie. Felizitas ist froh, daß sie Lucie hat. Felizitas und Lucie gehören doch zusammen.

Und während die eine ihre große Extratour dem Ende zu tanzt, sitzt die andere auf dem Klo neben dem Spiegel und wartet, drin im Saal hängt über einem leeren Stuhl eine Bergmannsparadeuniformjacke mit einem blanken Orden und leuchtet vor sich hin. Dorthinein wünscht sich Lucie, schwarzes Zigeunerhaar auf den Schultern, und den wilden, ungestümen Schritt von damals fühlt sie schmerzlich in den blauen Adern ihrer Waden ziehen.

Eine schöne Nacht, sagt die Sängerin, und eine gute Idee von ihm, gerade jetzt rauszugehen, wo es drin so drückend heiß wurde.

Eine sehr schöne Nacht, sagt Reinhart, und so hell! Sieht er etwa den Mond schon doppelt?

Diese Finsternis, sagt die Sängerin, und dann die Fabrik. So hat sie das noch nie gesehen.

Reinhart fragt sich, welchen Weg er einschlagen soll. Aber es gibt wohl nur einen. Der Abend ist sowieso gelaufen, da bleibt einem nichts, als aus dem Rest das Beste zu machen.

Und Sie arbeiten hier? fragt die Sängerin, die Rosali heißt, mit langem i hinten.

Ja, als Pressenwart.

Und was er da macht, fragt sie mit Augen, die sind vor Neugier schwarz.

Nun so eben, schwer zu beschreiben, muß man gesehn haben, nuschelt Reinhart; ein Glück, daß sie im Dunkeln gehen, er gäbe sonst vielleicht keine gute Figur ab.

Aber sie ist froh, ihn getroffen zu haben, es ist so wichtig!

Ein Licht huscht über ihre belebte Gestalt, das ist der Wind, der mit der zweihunderter Birne spielt, die baumelt über dem Wäldchen wie in einer verlassenen Lagerhalle.

Reinhart sieht in diese zwei schwarzen Augen, er fühlt sich ganz hilflos, die sechs Schnäpse verblassen allmählich in seinem Kopf, nun muß er Farbe bekennen.

Rosali sagt, sie singe im heiteren Fach, Soubrette.

Dabei denkt sie an Helm und Arbeitshosen, mit denen sie sich jetzt situationsgerecht verwandeln müßte.

Sie sei ja nicht dran an der Presse, meint Reinhart; er kennt die Städter, die wollen viel wissen, aber letztlich wollen sie immer beruhigt sein.

Aber es gibt welche, die sind sogar in so einer Nacht wie dieser dran? fragt Rosali.

Klar, sagt Reinhart, die Nachtschicht.

Er zeigt ihr die leuchtenden Fenster des Pressenhauses. Oh, ich bewundere dich! sagt sie da plötzlich.

Das hat ihm so noch keine Frau gesagt.

Da stehen sie beide, und die Lampe oben setzt einen genauen Strahl auf sie. Reinhart schaut in ein Paar nicht unerfahrener Augen, die mit aufrichtigem Glanz zurückschauen aus der scharfen Kontur schwarzer Schminke.

Und bei euch am Theater, redet er verwirrt, wohl auch kein leichtes Leben ...

Nun so ...

Leicht verdient sich halt keiner sein Brot, räsoniert Reinhart weiter, aber sie unterbricht ihn: Woher willst du das wissen?

Das weiß man eben. Als normaler Mensch weiß man das. Ob einer nun Briketts preßt oder Lampen verpackt oder ob einer auf der Bühne schwitzt – da ist es vielleicht genauso heiß wie an den Pressen?

Aber ihr habt den Dreck! ruft Rosali aufgebracht, mit gebreiteten Armen, da gehen sie wieder, aber zögernd ist ihr Schritt miteinander.

Ihr seid wirklich groß, sagt Rosali begeistert und atmet heftig, ihr habt den Dreck.

Was heißt denn hier Dreck, brummt Reinhart verblüfft, Dreck ist so natürlich wie – wie Luft. Und Braunkohlenstaub ist für die menschliche Gesundheit nicht schädlich, im Gegenteil. Der Witz ist so alt wie die Fabrik, da muß Verlaß drauf sein.

Warum sträubst du dich so! will Rosali wissen, sie dreht sich auf dem Absatz, ziemlich nah kommt sie wieder.

Und er steht mit ratlosem Gesicht vor ihr.

Nun zeig mir schon deine Presse! flüstert Rosali.

Zwei gleiten aus dem Lichtkegel der Lampe, verlassen das Wäldchen, queren einen verbotenen Weg und stehn Kopf an Kopf vor dem gelben Fenster des Pressenhauses.

Jetzt will ich alles sehen! flüstert sie.

Es ist nichts, flüstert er, was soll schon sein. Dann schleichen beide an die Tür, acht harte Fingerkuppen zerren den eisernen Flügel zurück. Da steht die Presse.

Da ruht sie: ein Koloß an Kraft und Jahren, der seine Stöße aus dem Erdinnern herauf zu senden scheint, der Boden bebt rhythmisch unter den dünnsohligen Schuhen einer jungfräulichen Anbeterin, die benommen schweigt, während die Kraft des Preßstempels die Luft um sie herum aufheizt, oben am Kopf wird es ihr ganz schwül, da hat Reinhart sie auch schon zurückgerissen, die Eisentür kracht lauter, als es erlaubt ist.

Ich hab es ja gewußt! schreit Rosali und ringt nach Luft, da trifft man schon mal einen von euch, und dann . . .

An den Lärm gewöhnt man sich, erklärt Reinhart entschuldigend.

Ach du, du … Banause!

Man könnte direkt Angst vor ihr kriegen. Wenn man wüßte, wovon sie redet, könnte man vielleicht Angst vor ihr kriegen. Aber zum Glück versteht man kein Wort von alldem. Vielleicht weil man nur ein einfacher Arbeiter ist?

Banause?

Sie findet wohl gar kein Ende? Und dabei sieht sie wirklich verzweifelt aus: Und von so einem redet nun die ganze Welt! So einer füllt die Titelseiten der Zeitungen! Macht! Kraft! Und im wirklichen Leben, da stellt er sich hin und sagt, er gewöhnt sich. Dreck bis in die Ohren, aber für so einen hat das überhaupt kein bißchen Größe. Für so einen ist das sogar ganz normal. Normal! Und dabei klopft sie wütend mit dem dünnen Schuh auf. Keinen Sinn für die Rolle, die er spielt!

Aber wenn ichs dir sage, lacht Reinhart, es ist normal.

Da ist sie ganz dicht vor ihm, die Lampe steht wieder über ihr, ganz scharf, ein Richtstrahl auf ihr zukkendes Gesicht, das nicht mehr taufrisch ist und nun blaß von Schminke, sie will wohl etwas sagen, Endgültiges, aber ihr Mund zuckt nur krampfhaft, und da sieht Reinhart zwei glänzende Spuren, die sich allmählich schwarz färben, in den Mundwinkeln zwei dunkle Tümpel bilden und abwärts rollen, wohin er weiter nicht schaut, nur in ihr verwischtes Gesicht, ja, Dreck fliegt hier eben rum, denkt Reinhart, und dann denkt er an Felizitas, und dann denkt er: Am Ende gehört diese hier zu den ganz ratlosen Menschen, während er spürt, wie sich zwei kühle Hände um seine Ohren falten, seine Jacke rutscht mit einem schlüpfrigen Geräusch an etwas Weichem herunter zu Boden, feucht wird seine Wange unter einem schluckenden Geflüster an seinem Ohr: Und es gibt euch doch!

So leid tut sie ihm plötzlich, daß er sich gar nicht mehr wehren kann. Drinnen dröhnt laut die Musik von der Platte, aber das ist längst nicht mehr seine Musik *Eimfrie*, und hier draußen dröhnt leise und verhalten die Fabrik, vertraut, ein verläßliches, beruhigendes Geräusch, verläßlicher als das beunruhigende Rauschen in seinen Adern auf einmal. Wem gilt das? Dieser Rosali oder wie sie heißt? Aber für solch eine ist man doch wohl ein zu normaler Mensch, so eine sehnt sich höchstwahrscheinlich nach was ganz anderem, die braucht etwas Größeres, so ein normaler Mensch, der macht ihr wohl Angst. Das ist es. Warum sonst weint sie jetzt?

Ihr Mund schmeckt salzig, wie das Rote Meer schmecken soll. In solchen Brandungen ist keiner ein sicherer Schwimmer.

Reinhart erwischt gerade noch ein fernes Blinken, ehe er versinkt, war das der Leuchtturm? Oder ein Irrlicht?

Das ist Felizitas, sie steht keine zehn Meter weg und schaut zu ihm hin. Er schaut auch zu ihr hin, über die Schulter der Soubrette weg.

Dann klappt er die Augen zu, und da stellt sich das deutliche Gefühl ein, daß dies alles hier eine große Verwechslung sei, der ganze Abend, von seiner Rede angefangen. Aber sein Gefühl trügt wohl. Wenn er die Augen aufmacht, steht da Felizitas mit unbeirrbarem Blick. Sogar der Mond scheint bleich geworden zu sein vor Schreck.

Das ist meine Braut, hört sich Reinhart laut und trotzig sagen. Die feinen Rosalihände rutschen erschrocken an ihm herunter. Aber der Trotz galt ihm selbst, der Trübnis in seinem Kopf, die mit den sechs Klaren wohl viel weniger zu tun hat, als er glaubte. Seine schöne Rede hat ihn so besoffen gemacht, und nun steht er da, ausgenüchtert bis zum Schüttelfrost, und weiß: das war sein erster vernünftiger Satz heute abend.

Er fühlt sich so frei wie irgendein Stern da oben, wenn auch viel weniger strahlend. Schnell ist er bei Felizitas und zieht sie nicht sehr sachte heran, beinahe verliert sie ihre Schuhe im Laub.

Das hier ist meine Braut. Am liebsten würde er den Satz noch zwanzigmal sagen. So klar und nüchtern ist er endlich.

Rosali steht mit hängenden Armen unter der Zweihunderter. Man hört ja nicht schwer, bemerkt sie nur, holt nun aber doch verräterisch schnaubend Luft, in unserem Beruf hört man sogar leise Töne! Dabei sitzt die Tuschespur noch immer unter den Augen. Wie nach einem dramatischen Akt.

Verzeihung, entgegnet Reinhart ungewollt schroff, wir sind hier nicht so leise, das macht der Lärm, das ist nicht zu ändern. Also das hier ist meine Braut, wiederholt er gedämpft.

Da kriegt Rosali einen Lachanfall, je länger er dauert, desto üppiger wird er, er bekommt immer mehr Blüten, große strahlende, und ein paar welke sind auch darunter.

Richtig bühnenreif, denkt Reinhart und lacht nun auch, sogar Felizitas kriegt einen Schluckauf davon.

Und was hat unsereiner, schluchzt Rosali, den schönen Schein! Aber nicht mal der wird einem gegönnt. Besser kann sie auf der Bühne eigentlich nicht sein. Da spielt sie auch nur eine Rolle. Jetzt ist sie echt. Im Leben ist sie wohl nicht vom heiteren Fach.

Mir tun die Füße weh, flüstert Felizitas und lehnt sich an Reinhart.

Kein Wunder! ruft der, daß es durch das dürre Wäldchen dröhnt, bei diesen Schuhen!

Die weißen Hochstöckigen fliegen ins Laub, Reinhart nimmt Felizitas auf seine Arme, das ist ein Mükkengewicht. Am liebsten würde er ihre kleinen Füße jetzt unters Kühlwasser halten, sie sind von der Anstrengung ganz geschwollen, in der Schicht wäre das einfach. So pustet er eine Weile aus voller Lunge darauf, Luftkühlung. Was er gutzumachen hat, wiegt viel schwerer als ihr zartes Gewicht, das er ohne Mühe trägt, ganz fest steht er wieder, fest und nüchtern, die Schnäpse sind raus aus dem Blut, und der Rausch der Rede und der Rausch der Zielstrebigkeit ist verflogen, und nun muß er sehen, was von ihm selbst übriggeblieben ist.

Vom Anbau her kommt da jemand angeschlurft, doch als die drei sich umschauen, ist das ein königlicher Gang, wenn nur das Schlurfen nicht wäre. Zum Glück setzt drinnen die Musik gerade wieder ein.

Schuhe machen keine Leute, stellt Anja triumphierend fest. Trotzdem sieht sie aus wie ein verirrter Zwilling. Sie entdeckt ihre Schuhe im Laub; hat sie gefunden, was sie sucht?

Felizitas läßt sich ihre Sandalen aufstecken, einen Klaps gibt Anja noch auf die allzu zierlichen Waden, die eben noch mit dem Gewicht eines Luftballons gekämpft hatten.

Wir sind die, die wir sind, sagt sie, groß und blond, wie sie ist. Wir sind eben nicht besser, ich kann mich auch nur damit rausreden, daß ich kein Mann bin und dir deshalb den Ballon nicht abtanzen konnte. Wir sind eben geradeso, wie wir sind, um ein Haar wärn wir viel schlimmer, sagt Anja bekümmert; aber so, wie sie nun als vierte unter der Lampe steht, groß und blond, den Kopf oben, hat sie die Fäden noch immer in der Hand, Beruf ist Beruf.

Sie ist auch die erste, die Annelies aus dem Saal stürzen sieht, Kreisig hinterher. Genug! kreischt Annelies, sie wirbelt zwischen den Bäumen hin und her, ein toller Paradiesvogel, plötzlich prallt sie gegen einen, der fällt beinahe um. Das ist der Praktikant. Er starrt sie ganz entgeistert an.

Mein Gott, japst Annelies, seit wann steht der denn hier!

Kreisig ringt nach Luft, aber gleich wird er wieder welche haben.

Aber du stehst ja hier wie gerufen, flüstert Annelies hastig, Interesse für alles Schöne? Abgemacht. Da solltest du mir jetzt ein wenig den Rücken wärmen, aber schnell...

Kreisig irrt schon durch die Bäume, er probiert ein paar Lockrufe für den Paradiesvogel.

Die Hand des Praktikanten rutscht zögernd in die Gegend des paradiesischen Lungenflügels, wo es heiß und feucht ist.

Mein Name ist Sohr, bringt er fast tonlos heraus.

Wunderbar, flüstert Annelies über ihre nackte Schulter, da bist du hier goldrichtig. Mußt bloß fester zufassen, ich erkälte mir sonst den Rücken.

Da jagt auch Kreisig schon heran, schwer atmend. Nanu! sagt Kreisig.

Da stehn sie Aug in Auge. Sehen können sie beide nicht gut.

Nanu, sagt Kreisig noch mal, ein frischer Kader! Und nun kann er endlich aufatmen.

Unter der Lampe im Wäldchen hockt bald eine ganze Gruppe. Die Musik drin hat große Pause, unter dem nächtlichen Himmel ist kein Laut außer dem sanften Fauchen der Schornsteine und dem schwachen Dröhnen aus dem Gehäuse der Fabrik, die Sterne funkeln, oder sind das Sternschnuppen, die fallen wie Regentropfen; heute nacht gehen vielleicht alle Wünsche in Erfüllung. Anna und Rolf Bernstein kommen eng umschlungen aus der Richtung, wo das Dienstauto steht, auch sie hocken sich hin und blicken staunend nach dem Himmel, von dem die Erfüllung herunterfallen soll. Da kennt die Phantasie keine Grenzen. Vielleicht kann die Phantasie einen ein wenig unverschämter machen gegen die Wirklichkeit.

Es gab da mal eine Nacht, sagt jemand leise, auf den griechischen Inseln ... Erst jetzt sehen sie Lucies gedrungenen Schattenriß in der Tür zum dunstiggelben Saal stehen. Sie preßt etwas fest gegen ihre Brust, Annelieses Handtasche. Da war ich eine ganze Nacht oben an Deck unter diesem Himmel. Hab ja nie viel Schlaf gebraucht ... Das ist, als zittere Lucies Stimme noch einige Sekunden über ihnen, dann verklingt sie in den weißen Wrasenwölkchen über dem Trockenhaus und ist verflogen.

Eine schöne Stille.

Aber was wäre eine schöne Stille, käme nicht einer und machte einen richtigen Radau.

Grund genug gibt es: Feuerhermann führt ihn am Schlafittchen über die Wiese. Genau unter der Zweihunderter setzt er ihn ab. Da seh ich doch einen ums Haus schleichen, der gehört gar nicht zu uns! Hermann hat auch gleich die Liste der Eingeladenen zur Hand. Jeder ist ihm bekannt. Dieser hier nicht!

Das geht wohl deutlich an Bernsteins Adresse. Aber Bernstein blickt unbeeindruckt, ja heiter drein, fast scheint er sich zu freuen. Jetzt zählt er sogar die Sternschnuppen.

Ob er überhaupt noch weiß, wer er ist? erkundigt sich Hermann bei Bernstein in amtlichem Ton: der Direktor!

Der mit dem Schlafittchen nimmt sein altes Gesicht nicht unter der Lampe weg.

Wir drei, sagt Bernstein langsam, wir warn mal aus einem Stück. Wie aus einem Flöz gehauen, aus einer ganz fündigen Ader. Jarock, Kreisig und Bernstein. Das ist lange her.

Zweiunddreißig Jahre, murmelt Kreisig. Die Überraschung scheint ihm noch in der Kehle zu sitzen.

Und Jarock wirft ihm einen Blick zu, der macht sie nicht lockerer. Eure Aktivistenschicht, erinnert sich Lucie, die Alten wissen Bescheid, im Archiv liegt sie auch als Film ...

Vorkramen will sie doch wohl jetzt keiner, spottet Kreisig.

Das brächte nichts Neues, pflichtet ihm Jarock bei, wozu einen alten Schwindel aufkochen, er wird nicht dünner davon. Das kommt Kreisig aber nun doch zu dick. Haben sie sich damals nicht wirklich die Seele durch die Poren geschwitzt, alle drei, eine ehrliche Schufterei war das gewesen, das weiß er genau.

Stimmt, sagt Jarock, der Schwindel fängt immer bei den Worten an. Sie sind einfach zu laut. Und das sagt er ganz ruhig, als erkläre er eine Rechenaufgabe. Als habe er lange nach dem Fehler gesucht.

Und als du ihn gefunden hattest, bist du hier ausgestiegen? will Sohr wissen.

Sie rücken alle näher zu diesem Jarock ran, hocken in dichtem Kreis um ihn, haben selbst das Wünschen für diesen Moment vergessen. Über den Köpfen verglühn ungenutzte Sternschnuppen massenweise.

Wohin denn? antwortet Jarock, versuch mal von der Erde runterzutreten! Oder kennt vielleicht jemand einen Ort, wo alle Gleichungen aufgehn? Im übrigen wäre er mir schnurz, dieser Ort, falls es ihn geben sollte. Ich bin Choleriker, angeborener.

Und warst nie im Westen? Abgehauen? fragt eine

vorsichtige Stimme, die gehört Felizitas, auch sie kennt diese Geschichte vom Hörensagen.

Jarock bringt Verachtung in die Runde aus seinen großen, glänzenden Augen, was sie nur hergeben. Als angeborener Choleriker, sagt er verächtlich, verschleudert einer dort vielleicht sein Talent. Aber eine richtige Wut, die muß doch zu was nütze sein, zu was Gutem, mein ich. Aber meine wollte damals keiner. Meine beiden lieben Kumpels machten lieber fünfmal Pose für die Filmfritzen. Das ging Jahre so. Da dacht ich: Lernste eben um, Jarock! Autofahren, das konnte ich schon, da wars am Ende mit der Umlernerei nicht so ein Aufwand. Hab mir gedacht: Aufs Gas, und ab geht die Post. Das war mein Irrtum.

Hast getrunken? fragt Felizitas wissend, weiß der Teufel, wie sie gerade darauf kommt. Hier wissen es alle.

Jarock winkt ab. Nicht mehr als jeder mal, der aus der Grube kommt. Das wars nicht. Was ganz anderes. So ein Kraftfahrer, der braucht ein besonderes Talent, was sehr Seltenes ...

Er muß jeden Ort der Welt kennen! erklärt Lucie, ein bißchen stolz.

Nein, sagt Jarock, er muß zuhören können.

Das ist es! seufzt die Sängerin mehr zu sich selbst. Die alle hier werden sie längst vergessen haben, obwohl sie doch jetzt in ihren Kreis aufgenommen scheint. Aber sie wird es sein, die noch heute nacht zurück muß, und schon morgen gibt es wieder das Theater. Ja, einmal müßte man über alles reden, bis nichts mehr übrigbleibt, bis man ganz und gar leer ist.

Ganz und gar leer für die große Erfüllung, die dann kommen kann.

Das Mitleid in Jarocks altem Gesicht tut ihr gut. Das denken sie alle, Mädchen, sagt er, einmal im Monat zur Beichte mit einer Regelmäßigkeit, vorbildlicher als in alten Zeiten. Aber die Glückseligkeit will und will nicht kommen. Weil die Kraft fehlt. Es dreht sich immer im Kreis.

Und wie ging es mit dir? will Reinhart wissen, man will doch vorwärtskommen, das ist doch normal. Zumal wenns schon mal schiefgegangen war, beinahe, mein ich.

Jarock lacht plötzlich, rauh und laut, das hätte keiner von dieser schmalen Brust erwartet. Stellt euch einen Choleriker als Beichtvater vor! Das ist wie ein Hochdruckkessel, an dem unaufhörlich die Alarmsirene heult. Hab lange gebraucht, ehe ich die zum Schweigen gebracht hatte. Zuhören mußt du, drillte ich mir immer wieder ein, und deinen vorlauten Mund halten und kühle Vernunft in den Schädel statt so viel Schaum. Ein angeborener Choleriker wie ich müht sich da Jahre, sag ich euch. Aber mit den Jahren wurde ich richtig hellhörig. Und dann wars soweit.

Du wurdest befördert, sagt Reinhart gespannt, hast dich ja qualifiziert

Ich hatte gelernt, ja, antwortet Jarock, ich trennte Schein von Sein.

Niemand mag die Pause füllen, die da entstanden ist, dann wirft sich Annelies rückenfrei auf die Erde. Und weiter hast dus nicht gebracht, Junge? Jetzt muß er sich aufrichtig bedauern lassen von ihr, sie liegt mit heißem Gesicht gegen den Nachthimmel. Daß ihr Männer doch eins nicht versteht, das Spiel! Wenn ihr begriffen habt, zieht ihr euch zurück und philosophiert, besser gesagt: ihr brütet. Bis ihr eure paar Wahrheiten unterm Hintern gargekocht habt, statt mit ihnen zu jonglieren.

Sohr schaut sie verblüfft an. Sie hat ja ein blaues und ein braunes Auge, im braunen gelbe Pünktchen, sind das die Sterne?

Wenn einer die Dinge erst mal so gesehn hat, wie sie sind ..., sagt Jarock gekränkt.

Aha, frohlockt Annelies, wie sind sie denn?

Ohne die Rederei eben, harte, nackte Tatsachen! entgegnet Jarock fest, er hat seine Erfahrungen, die läßt er sich nicht nehmen. Auch seine Verbitterung nicht, er hat so lange auf sie warten müssen.

Die Tatsachen allein sind gar nichts, redet Annelies weiter gegen den Himmel, ich bin doch auch wer! Und überhaupt, nicht alles, was nackt ist, ist hart. Und dabei kann sie ihren Rücken aufrichten wie ein Pfauenrad.

Nun laßt ihn doch mal reden, mischt sich Bernstein ein und meint Jarock.

Was gibts da viel zu reden, in der Jugend hast du Schaum vorm Mund und weißt nicht, wo dir der Kopf steht, dann wirst du langsam ruhiger, du merkst, da oben klärt sich was, wenn du Glück hast, bringst du es zu ein paar eigenen Gedanken, lieber Himmel, Jahrzehnte braucht das alles, und dann bist du plötzlich alt und schleichst dich ungeladen in fremde Vergnügen, um den Leuten die gute Laune zu verderben. Denn keiner will seine Weisheiten vor der Zeit.

Da war wieder eine! flüstert Felizitas in das Schweigen hinein, jeder kann sich was wünschen!

Hier fallen Laub und Sterne miteinander, man muß nur Augen dafür haben. Später setzt drin die Musik wieder ein, allmählich leert sich der Platz unter der zweihunderter Birne, das Wäldchen säuselt träumend vor sich hin, der Schatten des großen Schornsteins wird langsam länger.

Aber immer gibt es noch einen, für den fängt alles erst an. Für den hat auch die Nacht grad erst begonnen, frisch und voller berauschender Töne: das hochgespannte Summen in den Überlandleitungen und das Fensterklappen eines Neugierigen, aber am berauschendsten sind die eigenen Schritte, die hart und entschlossen übers nächtliche Pflaster klacken, schwer und fest von der Last, die man trägt unter den Laternen Rosdorfs weg. Ja, sollen sie nur leuchten, man hat nichts zu verbergen, soll nur aus den Fenstern schauen, wer Augen hat: da geht Händschel seinen Weg, Händschel, der Suffkopp, aber heut nacht geht er grade, man könnte eine feine Linie ziehen da, wo er gegangen ist, so grade, wie er geht, fährt kein Einradfahrer mit verbundenen Augen. Es tritt sich halt fester, wenn man nicht allein seines Weges geht, zwei richtige Menschengewichte hinterlassen eine ganz andere Spur. Obwohl das eine noch ein recht kleines Gewicht ist, ein Mückengewicht, wie es einem so im Nacken liegt, zart und fein, aber seine Mutter war auch nie anders, zart und fein. Vom Vater will man nicht reden, der taugt wohl nicht mal das Luftholen dazu. Die Kinder gehören denen, die sie tragen. Heutzutage sollten alle froh sein, wenn sich noch einer ums Tragen reißt, der Vater rennt in die dritte Schicht und dann in die Abendschule, die Mutter würde auch noch in die vierte und fünfte Schicht rennen, wenn sie die schon erfunden hätten, die Großmutter bleibt zu Hause, und da fühlt sie sich wie ein Vogel im Käfig. Da frag ich dich, Junge: Wer singt dir denn mal ein richtiges Heißa-Hopsa vor? Kannst du überhaupt eins? Na? Wir beide sind hier allein weit und breit, da kannst du schön laut singen, mein Junge. Na? Es kommen um diese Zeit auch keine Leute, die sich nach uns beiden umdrehen und dann blöde quatschen, als wär das nicht erlaubt, daß der Großvater seinen Enkelsohn spazierenträgt.

Das ist doch wohl die Höhe, sagte neulich eine. Recht hat sie, von meinen Schultern aus hast du einen ausgezeichneten Überblick. Wenns manchmal bißchen schwankt, da bist du nicht ängstlich, das hast du sogar gern, ja? Schade, daß du das noch nicht den Leuten erklären kannst, daß dir ein leichtes Schwanken dort oben einen Heidenspaß macht. Hast ja sonst keinen.

Hast du jetzt das Lied? Aber ein lustiges muß es sein! Mit Tschindarassabum! Es fällt dir keins ein. Oder noch schlimmer: du kennst gar keins? Ahnt ichs doch. Bleib ganz ruhig, Jungchen, du hast schließlich noch deinen Großvater! Du solltest dich jetzt ein bißchen besser an meinem Kopf festhalten. Immer faß fest zu!

Siehst du den Mond dort oben? Er sieht heute fett aus. Wir werden ihm eins singen, das Lied vom langen Vergnügen. So geht das: Komm, Brüderlein, und trink mit mir! Heidideldeidumdei. Die Kirchturmuhr zeigt früh halb vier. Heidideldeidumdei. Und sitzt die Alte auch daheim, wir lassen es uns lustig sein. Heidid... siehst du das Werktor schon, Junge? Ja? Siehst du die Uhr beim Pförtner?

Wie spät ists denn? Schon Mitternacht durch, da werden wir uns mal ein wenig beeilen. Einen schönen Gruß zum Pförtner vom Dienst, der hat gar nicht mitgekriegt, daß hier zwei rein sind, duselt so vor sich hin, hat wohl eher mit einem Kummer zu kämpfen als mit der Müdigkeit, denn sie werden ihm wohl nur einen ganz kleinen Tropfen zu lecken gegeben haben, dem Unglückseligen, weil er im Dienst ist. Aber irgendwer muß schließlich immer im Dienst sein, sonst gäbe es vielleicht keinen, der für alles, was so passiert in der Welt, gradesteht, und dann gute Nacht. Aber der Händschel, der Suffkopp, der steht heute nacht für alles grade, kerzengrade, eine lebendige Meßlatte, stocknüchtern, wie man ist, heute nacht wird sichs zeigen, wer man wirklich ist.

Vor Entsetzen läßt Felizitas ihr Bierglas rutschen, sie sieht gar nicht nach der Pfütze auf ihrem Rock; sie hat einen Alptraum gesehen.

Da wars wieder!

Und schon ist der Alptraum gar kein Traum mehr.

Er ist nur noch ein Alp. Zweimeterhoch. Mit zwei Köpfen. Mit einem scharffaltigen, grauen, entschlossenen Gesicht und einem kleinen, müd und neugierig blinzelnden.

Was suchst du hier! fragt Marianne fassungslos aus ihrer Tischrunde heraus.

Auf einmal haben alle ihre Reden eingestellt, alle sehen sie nach der Tür. Das Kind wird wach von so viel Aufmerksamkeit.

Ich suche die Eltern dieses Kindes! verkündet Kurt Händschel laut und deutlich. Das ist sonst nicht sein Ton, er gerät etwas theatralisch.

Dem Publikum stehen die Münder offen.

Und wo finde ich sie! fährt er triumphierend fort, in der Kneipe. Allesamt! Hier legt er eine wirkungsvolle Pause ein.

Alle anderen schweigen erschrocken, auch beeindruckt, ja. Dann sagt eine halblaute Stimme: Der ist doch bloß wieder blau. Es scheint, darauf hat Händschel nur gewartet. Was ihn hundertmal gedemütigt hat, heute ist es sein Stichwort.

Irrtum, Freunde! Händschel, der Suffkopp, ist klar wie ein Schluck Quellwasser. Wir haben zusammen einen schönen Abendspaziergang gemacht, der Junge und ich. Wir verstehen uns nämlich ausgezeichnet, wißt ihr, wir singen auch immer miteinander. Heute wollte ich ihm nun mal sein Dorf bei Nacht zeigen. Das hat nicht jeder in seinem Alter, solche Erlebnisse! Da wird er aber seinen Leuten was erzählen können, später in der Schule, wie er mit seinem Großvater um Mitternacht durchs Werktor marschiert ist, was! Dabei macht er noch drei lange Schritte, und die ganze freie Tanzfläche gehört ihm.

Die anderen spähen ungläubig durch den Zigarettendunst, der sich in schweren Schlingen über die Tische rankt.

An diese Nacht auf den Schultern seines Großvaters wird der Junge noch in fünfzig Jahren denken! ruft Händschel mit bebender Stimme. Ihm schlägt plötzlich sein Herz so leicht und hell, er hat ein Ohr dafür; dort tut sich was. Nur sein Gesicht bleibt das alte, auch jetzt, da er den Kopf des Kindes zu sich herunterzieht und die blasse, flaumweiche Wange an seiner reibt, die Augen dabei fest zukneifen muß.

Nein, nein, das kann Felizitas nicht mehr sehn, diese schlaffe, pelzige, narbige Wange, wie sie stechen, diese Zärtlichkeiten, wie sie einen aufreiben, wie sie riechen, wie sie die Hoffnungslosigkeit ausdunsten und sich an einen klammern wie Schiffbrüchige, nein! Nicht noch einmal! Und nun hat sie nicht nur ein nasses Kleid, auch nasse Wangen.

Aber so soll der Abend doch nicht enden.

Lucie zieht sich die Paradejacke über, reckt die Arme zu dem Jungen hoch. Nun komm schon mit der Tante! Sie hat ein beruhigendes Zeichen für alle, dann verlassen die beiden einträchtig Hand in Hand den Saal. Ganz ohne Aufsehen. Genau im rechten Moment ist Lucies Stunde gekommen.

Und Reinharts Stunde wohl auch? Er hat sich ganz langsam erhoben, und nun schreitet er quer über den Saal auf den zu, den er bald Schwiegervater nennen wird. Aber zuvor muß da wohl noch einiges klargestellt werden. Er fühlt die Worte dazu auf der Zunge, pechschwer wie seine Fäuste; er ist wohl doch ein Unglücksritter. Der Rauch hängt auch furchtbar tief.

Und kurz bevor für ihn alles zu Ende ist, packt ihn Hermann noch sicher am Kragen. Denn dies hier ist ein Betriebsvergnügen! Und leiser fügt er hinzu: Mach ein Spielchen mit, das lenkt ab! Feuerhermann hat die Sache wieder im Griff.

Noch ein kleines Spielchen um alles oder nichts, Hermann und Kreisig müssen sich in alles teilen, und Reinhart hat nichts ganz für sich allein. Nach zehn Minuten hat er Schlips und Hemd verloren, nach weiteren zehn Minuten auch die Hose; es geht an die Substanz.

Da steht jemand vor ihm, in der Schuhgröße siebenunddreißig, mit rotblonden Löckchen in der Stirn und zitternd vor Angst und Entschlossenheit, denn nur dieses eine hat sie nie, nie tun wollen: wieder einen hier wegholen. Im ersten Leben den Vater. Im zweiten Leben den Mann. Dann lieber kein zweites Leben! Aber dieser hier ist ihr Mann. Diesen will sie. Und da kann sie es. Das letztemal, bittet sie im stillen, dieses eine Mal nur noch den Eigenen aus der falschen Gesellschaft wegholen, das letztemal. Da glaubt sie das erstemal an sich selbst. Und sie hat einen festen Griff. Und Reinhart spürt den Griff im Kragen wieder, doch weich und dringlich jetzt, er erhebt sich folgsam, verlegen lächelnd zu den zweien hin, die er verlassen muß.

So berühmt wie du heute, sagt Reinhart laut zu Felizitas, so berühmt wie du heute möchte ich erst mal sein! Und dabei setzt er sich einen stolzen Schlag vor die eigene Brust.

Es endet damit, daß mitten in der Nacht ein Gedanke an den nächsten Arbeitstag auftaucht. Ein verlockender Gedanke. Dem widersteht keiner. Felizitas und Annelies, Reinhart und der Praktikant sind zu ihren Spinden gelaufen, standen in Arbeitshosen und hitzefesten Schuhen vor der Tür des Pressenhauses und gelangten in dem vertrauten Getöse schnell über die Gittertreppe nach oben.

Das sind die Hammermühlen, erklärt Reinhart dem Praktikanten.

Ich hab meinen Helm vergessen, stellt Sohr erschrocken fest, er liegt unten im Büro.

Aber man kennt sich ja nun, er bekommt einen Besen in die Hand gedrückt, auch Reinhart nimmt einen, Annelies und Felizitas, und dann kehren sie miteinander die Hammermühlen, einträchtig unter dem Wandbild eines Rücksichtslosen. Reinhart blinzelt Sohr zu und dann an die Wand. Rauh, aber ehrlich, soll das wohl heißen, alles oder nichts an diesem Ort. Man kann sich seinen Ort nicht aussuchen.

Es endet damit, daß Lucie den Schlüssel mit der rechten Hand ins Haustürschloß schiebt, sich dabei die Schuhe abtritt, den Kopf noch einmal nach links wendend in Richtung Fabrik, so endet es jeden Abend.

Doch heute spricht sie aus, was sich im Laufe der zwei Jahrzehnte von einem Gedanken zu einem bloßen Gefühl der Genugtuung verflüchtigt hat. Sie sagt: Siehst du, alle achte!

Und weil keine Antwort kommt, fügt Lucie noch hinzu: Acht Essen: eins, zwei, drei, vier...

Die Augen des Jungen an ihrer Linken sind weit vor Müdigkeit. Sie steigen miteinander hinauf in den ersten Stock, schön langsam. Jetzt ist endlich Feierabend, da steigt man immer langsam. Weil man so müde ist. Warum nur fällt ihr das so selten ein, dieses Einfachste? Immer schiebt sie es auf die Galle. Aber die Galle ist wohl auch eine Krankheit, die sich einer erst mal verdienen muß, da reichts nicht, das bißchen Altwerden. Das kann schließlich jeder. Für ein paar Gallensteine dagegen brauchts schon etwas mehr. Es braucht einen Willen gegen das Altwerden, ja.

Sie schlägt ihr Bett auf für den Jungen, füllt warmes Wasser ins Waschbecken. Sie redet ein bißchen mit ihm, von früher. Von Rosdorf und von der Fabrik und von dem glühenden Mädchen an den Trocknern, das seine Großmutter war. Aber der Junge will lieber ein Märchen hören vor dem Einschlafen.

Also gut, da kam der junge Königssohn, küßte das glühende Mädchen und ...

Da erwachte es, murmelt der Junge, den Mund schon im Kissen.

So geht das Märchen? fragt Lucie leise.

Und sie lebten glücklich und in Freuden. So geht es! Der Junge schaut Lucie noch einmal an, sehr müde und sehr sicher.

So, flüstert Lucie dann, und nun bekommst du deinen Einschlafbär. Der gehörte meinem kleinen Jungen.

Aber dieser Junge hier will den Einschlafbär nicht. Er will etwas anderes. Er will den glänzenden Sterntaler, der an Lucies Jacke baumelt. Sie hakt ihn ab und legt ihn auf die Bettdecke, wo sein Gewicht eine weiche Mulde gräbt. Der Junge nimmt ihn und hält ihn gegen das Licht der Nachttischlampe. Es scheint nicht durch. Dann führt er ihn nah an die Augen, dreht den Sterntaler, kneift die Augen zu Ritzen zusammen. Da gleißt und glitzert es, immer heftiger und wilder, wie ein großer Sterntalerregen, ein rotgoldenes Feuerwerk unter den Lidern.

Lucie bleibt im Sessel neben dem Bett sitzen, nach einer Weile zieht sie sich lautlos einen Stuhl heran und legt ihre Beine hoch. Aber einschlafen wird sie noch nicht, ihre Stunde ist noch längst nicht heran. Sie löscht die kleine Lampe neben dem Bett, im Zimmer ist nur noch der Abglanz der Straßenlaterne, das entfernte Rauschen der acht Essen und ganz nah ein kleines, ruhiges, unendlich vertrauensvolles Atmen. Und nur auf das lauscht Lucie jetzt. Nichts weiter.

Und es endet damit, dass manche kein Ende finden. Der Diskomann hat eingepackt, aber manche sind sitzen geblieben. Anna und Anja sitzen, gelb und gürtellos, vor zwei Eierlikören. Sie erzählen sich etwas, sie tuscheln miteinander, sie müssen sich lange nicht gesehen haben. Zwischen ihnen sitzt Bernstein, die langen Arme über dem Hemd verschränkt, das Kinn auf der Brust, sinnend, was war geschehen?

War überhaupt etwas geschehen?

Ein kleiner Ausbruch oder ein großer Anfang?

Er weiß es noch nicht. Da wird er sich von sich überraschen lassen. Ein ruheloses Leben, aber vielleicht, denkt Bernstein, kann man sich daran gewöhnen.

Warum macht denn keiner mehr Musik? ruft Kreisig ungeduldig.

In dieser Stille hört man die Karten so laut klatschen, das macht die Sache ganz und gar ungemütlich. Kreisig und Hermann sind inzwischen zu Sechsundsechzig übergegangen.

Will denn keiner mehr tanzen? ruft Kreisig über die Schulter weg, er hält gerade ein hoffnungsvolles Blatt in der Hand.

Der Musikmann knöpft seine Behälter noch lauter und endgültiger zu, dann geht er hinüber zum Sechsundsechziger Tisch und macht dem Kinderspiel ein Ende. Er ist der dritte.

Na gut, sagt Rosali, wenn unbedingt noch getanzt werden will. Sie tritt aufs Podium vor die beiseitegerückten Apparate, ganz vorn an den Rand, ihre rechte Hand hebt sich leicht, dann auch die linke, die Handflächen öffnen sich, da singt sie schon längst, etwas Einschmeichelndes, Bekanntes, so etwas, was immer guttut, vielleicht von Schlössern, die im Monde liegen. Oder so etwas.

Marianne sitzt, in ihre Stola gewickelt, abseits und starrt verbissen vor sich hin. Wie gut das tut, denkt sie, wie gut. Endlich eine richtige Musik. Vielleicht beginnt nun das Programm?

Weit weg davon, am geöffneten Fenster, sitzt Kurt Händschel, er hört weg, das kann er wie kein anderer, das haben ihm die Leute beigebracht, die zu laut reden. Er hört wieder in sich rein, er hört wieder seine Uhr ablaufen. Die gongt viel lauter als eine Kirchturmuhr. Und so ein armes Mädchen dort vorn schwenkt ihre dünnen Arme; will sie etwa auch gerettet werden?

Tanzen wir! sagt Bernstein laut und richtet sich auf in ganzer Größe, den letzten!

Dann drehen sie sich und verschwinden unter den Rauchgirlanden, tauchen wieder auf und verschwinden wieder. Du mußt führen! sagt Anja zu Bernstein, du bist der Chef!, und dabei strahlt sie, und Anna lächelt leis und greift ihrem Mann ein bißchen fester ins Kreuz, aber das merkt keiner, außer Bernstein selbst, aber nur im ersten Moment. Nun tanzen sie noch diesen Walzer.

Das ist doch etwas ganz anderes, eine lebendige Stimme.

Auch Rosali lächelt glücklich unter den Rauchgirlanden. Vielleicht wird das hier am Ende noch ihr schönster Auftritt? Sogar die Kartenspieler klatschen behutsamer mit den Karten, alles ihretwegen.

Hinten auf dem kalten Büffet liegen die Krümel mäuschenstill. Marianne schielt gebieterisch zu ihnen hin; wenn sie nicht gleich etwas Vernünftiges tut, fängt sie noch an zu heulen. Da streicht sie lieber die Krümel zusammen, alles, was übriggeblieben ist von ihrem kleinen Wunderwerk, einer muß ja nun ein Ende machen; wirklich ein schönes Vergnügen. Aber dann halten ihre kleinen Hände plötzlich inne, zupfen noch ein bißchen an der Decke herum, Marianne kommt wohl eine flüchtige Erinnerung, kurz entschlossen hakt sie die schaumgoldene Spinne von ihrer Stola und setzt sie mitten auf die leergegessene Platte. Dann muß sie lachen. Siehst du, ruft sie und meint Händschel drüben am Fenster, so haben sies mit mir immer gemacht! Siehst du?

Er sieht schon, man ist ja nicht blind. Und hören tut man noch besser! Bloß bißchen Spaß, sagt sie und lacht schluckend, als er bei ihr steht. So nah standen sie sich wohl lange nicht. Er erinnert sich auf einmal genau an das Glühen in ihrem Gesicht, er muß sich überhaupt nicht anstrengen. Wahrscheinlich ist es Wirklichkeit. Denn die Wirklichkeit ist in unserem Kopf, wo denn sonst. Und im Herzen. Händschel hört es ganz klar, das ist ein ehrlicher Schlag. Darin wenigstens können ihm alle vertrauen, er hat ein feines Gehör.

Wie alt du geworden bist, sagt Marianne, als sie tanzen, und betrachtet ihn lange und erstaunt.